倉阪鬼一郎

24時間走の幻影

実業之日本社

実業之日本社文庫

目次

24時間走の幻影

A

スタート
残り24時間（正午）

「あーあ、来ちゃった」

月岡麻友《つきおかまゆ》はため息をついた。

これから「24時間耐久チャレンジリレー大会in湘南《しょうなん》」が始まる。湘南市の総合公園の一角にある競技場には、とりどりのウエアに身を包んだランナーが次々に到着していた。

「わたしだけ、場違い」

麻友はぽつりとつぶやいた。

どう見てもそうだった。耐久系のなかでもハードなレースだ。お祭り気分のチーム戦のメンバーはまだしも、個人で24耐に参加しているランナーたちは見るからに猛者《もさ》ぞろいだった。ストレッチをしたり、脚にサロメチール軟膏《なんこう》を塗りこんだり、慎重にテーピングを施したり、どの選手も準備に余念がない。

かなり気おくれを感じながら、麻友は選手の受付に向かった。

なにしろ、マラソン大会に出場するのは初めてだ。普通はそれなりに練習をして、5キロか長くても10キロくらいの市民マラソンに出場する。いきなりハーフマラソンの大会に出るのは無謀で、フルマラソンに挑戦するのは暴挙に近い。

42・195キロを走るフルマラソンの上は、ウルトラマラソンの世界になる。いちばんかわいいのは50キロのレースで、ポピュラーなのはサロマ湖を筆頭とする100キロだ。さらにその上も、聞いただけで立ちくらみを起こしてしまいそうなレースがいろいろある。どのレースにも制限時間があって、途中に設けられた関門に引っかかったらリタイアとなる。

ウルトラマラソンのもう一つの柱になっているのは、時間走のレースだ。あらかじめ決められた時間内に、どれだけの距離を走れるかを競う。

もっぱら周回コースで行われる時間走のウルトラマラソンにも、さまざまな種目がある。最も初心者向けなのは6時間走あたりで、8時間、10時間、12時間走と続く。そして、その上に君臨するのが24時間走、つまり、まる一日をかける耐久マラソンだった。

そんなごく一部のマニアしか出走しないレースに、校内のマラソン大会しか出たことがない麻友がエントリーしたのだから、これはもう暴挙を通り越していた。

いかに市民マラソンがブームだと言っても、「24耐」にエントリーするのはよほどの物好きだ。24時間個人の部に申しこんだのは、全体で60名あまり、そのうち女性は14名にすぎなかった。

そのエントリーリストのなかに、所属なし、しかもレース経験皆無の月岡麻友が含まれていた。

つい、勢いで申しこんじゃったからなあ……。

死んでやるう、と思って。

麻友はちょっと後悔していた。

いつもそうだ。

あとさきを考えずに行動して、しばらく経ってから「しまった」と思う。

行動が常識にかかればいいのだが、麻友のニックネームはずいぶん前から「宇宙人」か「ふしぎちゃん」だった。あるいは、名字と昔の体操の技に引っかけて、「ムーンサルト」とも呼ばれていた。

とにかく、ときどきとんでもない方向へ動いてしまう。思考の過程を全部すっ飛ばし、まったく予想もつかなかった結論がポンと飛び出す。それに従ってとくに考え直さずに突っ走ってしまうものだから、周りも本人も頭を抱えることになるのだった。

家族で海外旅行へ出かけたとき、バンジージャンプをやると言って驚かせたことがある。いざ高いところに立ってみると急に怖くなったらしく泣きわめいて手を焼かせたが、飛んでみたらけろりとした顔つきになった。麻友の人生は、言ってみれば小さいバンジージャンプの連続で、周りは無駄に振り回されてしまう。

今回もそうだった。タクヤにふられた麻友は、「死んでやるう」と思った。ここまではよくある話だ。

「おまえの恋人は、やっぱり宇宙人がベストだと思う。おれ、あいにく地球人だから」

そんなわけのわからない捨てぜりふを吐いて、タクヤは去っていった。

で、「死んでやるう」と思った麻友は、いま受付でゼッケンやプログラムなどを受け取り、24耐のスタート地点に立とうとしている。まったく不可解な成り行きだ。

湘南地方限定のタウン誌を立ち読みしていたとき、麻友はたまたまこのレースの広告を見つけた。


24時間耐久レースって、夜になっても走り続けるの？

真夜中も走るの？

そんなことしたら死んじゃう。

あっ、そうか！

よーし、このレースに出て死んでやるう。

……と、なぜかそういう結論が出てしまったのだ。

こうして勢いで24耐にエントリーした麻友だが、半月前にナンバーカード引換証が郵送されてくるまで、申しこんだことをころっと忘れていた。立ち直りは遅いほうではない。二年も三年も失恋の痛手を引きずることはない。

言ってみれば、ノーガードで打ち合うボクサーみたいなものだ。相手のパンチをもらうと、死んだようなダウンを喫してリング上で大の字になる。しかし、8カウントくらいでむくむくと立ち上がり、また何事もなかったかのように動き出すのだ。

まっ、いいか……。

しばらく泣き暮らしていた麻友は急に立ち直った。べつに何がきっかけになったというわけでもない。当事者が宇宙人の異名をもつ麻友だから、唐突に復活しただけだった。

よーし、こうなったら、ほんとに宇宙人の恋人を探してやる。

と、突然前向きになったとき、ナンバーカードの引換証が届いた。

最初は何のことかよくわからなかったが、思い出したとたんに後悔した。もう死ぬつもりはなかった。

しかし、エントリー料は振りこんである。24耐の参加料は高い。個人24時間の部は一万六千円もする。ドリンクやフードばかりでなく、仮眠用のテントなどのセッティングも必要になる。場所代や人手もかかる。そのせいで、通常のフルマラソンの倍の値段に設定されているのだった。

もったいない。

でも、24時間も走ったら死んじゃう。

うーん、でも、一万六千円がもったいない……。

しばらく葛藤《かっとう》が続いた。

麻友はもう一度レースの実施要項を読み返してみた。冷静に読むと、いままで見えなかった発見があった。

24耐と言っても、べつにのべつまくなしに走り続けなくてもいいらしい。休憩用のテントがあるから、疲れたらそこで寝ればいい。どうやら途中の関門や制限時間も設定されていないようだ。

麻友はインターネットで検索し、参加者のレポートを片っ端から読んで情報を収集していった。それによって、徐々にレースの全貌が見えてきた。

あくまでも比較の問題だが、24時間をかけて行われるレースの中では「湘南24耐」はソフトなほうだった。ハードなレースでは、夜どおし山の中を走らなければならなかったりする。途中の制限時間に引っかかったり、道に迷ってリタイアしたり、下手をすると崖《がけ》から転落したりする。実際に山岳系の耐久レースでは死者まで出ているのだ。

その点、湘南24耐は楽……ではないが、はるかにましだった。公園内の周回コースには白線が引かれているから、迷いようがない。途中にゆるい坂が一つあるだけで、ケガをするような箇所もない。公園の中であえて危険なところを探せば、コースに沿ったところにある小さな動物園だが、子供が乗るポニーが目玉で猛獣のたぐいはいない。いちばん危険な獣がアライグマなのだから平和だ。

それなら、一日のうち23時間テントで寝てて、1時間だけ走ってもOKなの？

じゃあ、楽勝かも。

麻友は独特の考え方をした。

こうして出場を決めた麻友は、それなりに準備をした。ランニングシューズを買い、家の近所で練習をした。持ち物をそろえ、とにかく会場にやってきた。

競技場内に設けられたスタート・ゴール地点には、黄色い半月型のエアアーチが立っていた。桜咲く三月の末だが、五月並みの陽気で空は抜けるように青い。いつか見た飛行船のように、どこかまぼろしめいた雰囲気で黄色いエアアーチは選手たちを迎えていた。

24時間耐久チャレンジリレー大会in湘南

真っ赤な字でアーチに記されている。

その赤い字を見ているうち、麻友はいまさらのように気づいた。

選手はみんな走るためにこの大会に参加している。1時間だけお茶を濁《にご》すように走って、あとの23時間を寝るつもりで来ているランナーなど一人もいない。そもそも、考えてみたら、23時間もぶっ続けで寝られるはずがない。

「場違いだなあ、やっぱり」

競技場のそこここにチームのメンバーが集まり、互いに談笑を交わしていた。スタート地点の近くで記念撮影をしているチームもいる。黄色いエアアーチはいやでも目立つから、待ち合わせ場所としても使っているらしい。

マラソン大会に出るのは初めてなので、もちろん知り合いは一人もいない。同じ大学のユニフォームを見つけたのがせめてもの救いだった。

プログラムを確認すると、麻友が通っている湘南国際大学からは二つのチームが参加していた。

湘南国際大学ランニング同好会
湘南国際大学ジョギング愛好会

名前は似ているけれども、たぶん実力はかなり違うだろう。大学にまだ正式な駅伝部はないが、ランニング同好会はひそかに箱根駅伝の予選会への出場を狙っていると小耳にはさんだことがある。彼らはきっと本気で走るに違いない。

「まっ、いいかあ」

麻友は考えを切り替えた。

ひょっとしたらものすごい素質があって、走ってみたら楽勝かもしれない。

やってみないとわからないし。

まだ走ってもいないのに、だしぬけにランナーズ・ハイのような感覚が生まれた。

麻友は笑顔で自分のテントに向かった。

テントは複数の選手で共有する。麻友に割り当てられたテントには、24時間の部に出場する他の女子選手がいた。ゼッケンの数字が若いから、ひと目でわかる。

「こんにちは！」

「よろしく」

笑顔で答えた選手は体のケアをしていた。足にワセリンを入念に塗りこんでいる。そのふくらはぎを見て、麻友のランナーズ・ハイのようなものはあっけなく吹き飛んだ。

違う。

全然、違う。

その選手のふくらはぎは男子並みだった。日々のトレーニングをして、鍛え上げてきた筋肉だ。かと言って、むやみに太くはない。贅肉《ぜいにく》をすべて削《そ》ぎ落とした、無駄のないふくらはぎだった。

着替えをしながら、麻友はまた気おくれを感じはじめた。少なくとも、最初からここでずっと寝ていたらたたき出されかねない。

ほどなく、もう一人選手が入ってきた。黄色いリボンで髪を束ねている。ふくらはぎさんとは顔見知りらしく、レースや天候や調子について会話が弾みはじめた。どうやらどちらも優勝候補らしい。

「あなたは初めて？」

リボンさんがたずねた。

「ええ。つい勢いで」

「へえ、若いっていいわねえ」

ふくらはぎさんもリボンさんも、見たところ四十代の半ばくらいだ。麻友のママと変わりがない。

初出場の麻友に向かって、二人はいろいろとアドバイスしてくれた。

長丁場だから、最初から気負わないように。

ペースはだいたいキロ6分くらいかな。1周では1750メートルだから、10分くらいかけるつもりで回ればいいわ。べつに12分でも13分でもいいの。急がば回れ、よ。

せっかくのアドバイスだから、麻友は笑顔で「はい、はい」と言って聞いていたが、さらに気おくれは募った。キロ6分なんて、全力疾走でも無理かもしれない。なにしろ、初めて近所を走ってみたときはちっとも前へ進まず、普通に歩いているただの女子高生に抜かれてしまったくらいなのだから。

そうこうしているうちに、スタート時間が近づいてきた。ゼッケンはもう安全ピンで留めてしまった。引き返すわけにはいかない。

麻友は肚《はら》をくくった。

走れなくなったら、足を痛めたことにすればいい。

歩けなくなったら、ベンチに座って見物すればいいの。べつにドベでいいんだから。

罰ゲームはないんだし。

それから、夜は……。

「うっ」

麻友は思わず声を出した。

大きな盲点に気づいたのだ。よくあることだが、肝心なところが抜けていた。

黄色いエアアーチのほうへ向かいながら、麻友はふと照明灯を見た。

それは、なんだか得体の知れない巨人の手のように見えた。

＊

「スタートまで、あと3分です！」

DJが声を張り上げた。

大会の模様は湘南市のケーブルテレビで放映される。と言っても、6時間の部が終了すれば放送も終わる。公園の中を淡々と走るだけのレースを夜どおし放映しても、観るのは選手の関係者だけだろう。

6時間の部は、ケーブルテレビのアナウンサーがDJ役をつとめる。途中経過は1時間ごとに発表されるから、リレーの部は実況にも熱が入った。

だが、24時間、それも個人の部の出場者にはあまり関係がない。なにしろ、6時間走ってもまだ18時間あるのだ。序盤の順位はほとんど関係がない。夜は近隣の迷惑になるからDJが終わり、深夜になって一人また一人とテントにリタイアしていくころから、やっと勝負どころにさしかかる。

「2分前になりました。選手のみなさん、準備はいかがですか？」

麻友はかがんで靴紐《くつひも》を確かめた。記録は靴紐に結びつけたRCチップで計測する。

リレーも個人も、1周終わるたびに競技場の中のエアアーチをくぐる。そこを越える際にチップが作動し、周回数がカウントされる仕組みになっていた。

麻友がチップを使うのは、もちろん初めてだ。途中で外れたりしないか、念のために確認してみたのだが、靴紐をチップの穴にしっかり通してあるから大丈夫そうだった。

「頼むね」

麻友は立ち上がり、自分のひざを手でポンとたたいた。

6時間の部と24時間の部、リレーと個人、すべて同時スタートだった。区分はまずゼッケンでわかる。6時間の部の選手は青く、24時間の部は赤い。

リレーの選手は、ゼッケンのほかに肩からたすきをかけている。24時間の部はピンク、6時間の部はブルーだ。ただし、チームが自前のたすきを使うことも、申請すれば許可されていた。

個人の部の選手には、もちろんたすきはない。代わりにゼッケンを背中にもつけているから、ひと目でわかった。

ランナーはさまざまなウエアに身を包んでいた。せめて格好だけでもランナーらしくしようと思い、麻友はインターネットの通販サイトで買ったピンクのランニングスカートをはいてきた。ウエアもリボンもソックスも全部ピンクで統一した。でも、周りを見るとちょっと派手すぎるかもしれないと思った。

まっ、いいか。

いろんな人がいるし。

麻友はカエルを見た。

地面にいるのではない。大きなカエルの着ぐるみだった。

初めは大会のマスコットかと思ったが、違った。おなかにゼッケンをつけているから、ランナーだとわかる。しかも、赤ゼッケンだ。どうやらあの暑苦しい格好で24耐に参加するらしい。向こうのほうにはシマウマの姿も見えた。ミッキーマウスもキティちゃんもいる。遊園地さながらの光景だった。

麻友の前にいるのは、同じ大学のチームだった。ウエアの背中を見ればすぐわかる。もっとも、オレンジのハートマークの中に軟弱な字で「湘南国際大学ジョギング愛好会」と書かれているから、あまり速そうには見えなかった。

「おーい、ヨースケ、最初から飛ばすなよ」

「たすきを落とさないでね」

ほかのメンバーからかかった声に、ランナーは手を振って応えた。

残り30秒を切った。

選手たちはまだ思い思いにストレッチをしている。Tシャツの背中に書かれた字がゆがみながら動く。

追い越し禁止！
湘南の風になれ
目にもとまらぬ速さだぜ！
熊出没注意

いろんなことが書いてある。

麻友も見よう見まねで、腕を伸ばしたり足首を回したりした。

「五、四、三……」

DJの声が響く。いよいよカウントダウンが始まった。

長丁場だから、出遅れてもとくに問題はない。スタートが近づいても、さほど緊張感は高まらなかった。

「スタート！」

物好きだけが参加するローカルな大会だ。べつに花火などは揚がらない。市長がピストルの空砲を一発撃っただけだった。


三月三十日、土曜日。

正午。

いよいよ長いレースが始まった。

B

1時間経過
残り23時間（午後1時）

「ごめーん、電車に乗り遅れちゃった」

かやのは謝りながらメンバーのもとに近づいた。

「遅い」

「二走なんだから、もうたすきが来るよ」

「駆けつけ5周！」

すぐさま声が飛ぶ。

「駅からここまで走ってきたから、ちょっとだけ休ませて」

かやのはそう言って額の汗をぬぐった。

「じゃあ、ヨースケが戻ってきたら土下座だな」

「するする。ごめんなさい、あと1周お願いしますって」

かやのは平伏するしぐさをした。

「あ、これ、メンバー表です」

中戸川《なかとがわ》健太郎《けんたろう》が紙を手渡した。唯一の一年生で、マネージャーを兼ねている。

「サンキュ」

かやのは受け取って目を落とした。真新しいものが用意されるのが普通なのに、なぜかその紙は少し古くなっていた。

一走から七走まで、順番に名前が書いてあった。最初はその順番どおりに走るが、二巡目からは成り行きだ。


［湘南国際大学ジョギング愛好会『湘南24耐』メンバー予定表］

高《たか》尾《お》洋介《ようすけ》（一走）
溝《みぞ》ノ口《くち》かやの（二走）
金山《かなやま》マックス（三走）
南《みなみ》美瑠璃《みるり》（四走）
北橋《きたはし》亜季《あき》（五走）
村松《むらまつ》翔《しょう》（六走）
中戸川健太郎（七走）

手書きのメンバー表のうち「北橋亜季」だけいくらか太くなっている。

「マックスは？」

かやのは顔を上げてたずねた。出走するメンバーのうち、一人だけここにいない。

「外でアップしてる」

「いっちょまえに」

苦笑交じりの声が飛んだ。

速そうな名前だが、あまりマラソン向きの体型ではない。いちばん思いやられるパートだから、もし途中で走れなくなったらかやのがカバーすることになっていた。

「あ、ヨースケ、帰ってきた」

「キャプテン、ファイト！」

「何周目？」

「5周。1周12分のイーブンペースで走ってる」

「快調じゃない。よそより見るからに遅いけど」

ゲートが近づくと、キャプテンの高尾洋介はたすきを外した。

「ごめーん、いま着いたばかりなんで、あと1周」

かやのはグラウンドにひざをついて謝った。

「なんだよ、それ」

洋介は手にしたたすきをぐるぐる回した。ただし、顔は笑っている。

「あとで帳尻を合わせるから」

「わかったよ」

またたすきをかけ、洋介はゆっくりと走りはじめた。

「6周目……と」

記録係の健太郎が、メンバー表に二つ目の正の字の横棒を記した。これを見れば、それぞれのメンバーがいままでに何周走ったか、ひと目でわかるようになっている。もちろん体力には個人差があるが、だれが余力がありそうか、周回の回数からある程度判断しようという試みだった。

「さすがはマネージャーのスペシャリストだな、ケンタロウ」

「とんでもない。今日は選手兼任ですから」

真顔で答える。

健太郎の出身高校は駅伝の名門だ。都道府県対抗の高校駅伝で上位に入賞したこともある。

健太郎自身も陸上部に籍を置いていた。しかし、マネージャーの補佐役だったから、走りに関してはほとんど何の実績にもなっていなかった。

ランナーの数だけ、走るきっかけがある。走る理由がある。

高校時代はずっと裏方だった健太郎は、今度はランナーのほうに回りたいと思った。もっとも、走力がないから、ランニング同好会では練習についていけそうにない。そこで、初心者でもOKのジョギング愛好会に入ることにした。

かやのがランニングを始めたきっかけは一風変わっていた。あるとき、自分と同じ名前のシューズがあることを知り、スポーツショップで試し履《ば》きをしてみた。カヤノさんという人が作った頑丈《がんじょう》なランニングシューズの履き心地はとてもよかった。気に入ったかやのは「ゲルカヤノ」を衝動買いし、せっかく買ったのだからと練習を始めた。先にシューズを買ってから走る気になったランナーは珍しい。

ほかのメンバーにも、それぞれに走る動機があった。

北橋亜季は、恋人の村松翔の影響で走りはじめた。親しい人から誘われてランニングを始めるのは最も多いパターンだ。そこにランナーがいたから、自分も走る――これは王道の一つと言えた。

もう一つの王道は、場所だ。手近なところにいいランニングコースがあったから走りはじめる者も多い。そこに道があり、コースがあったから、走る。

村松翔はこのパターンだった。実家は海に近く、ランニングにうってつけのサイクリングロードがあった。海を見ながら走るランナーの姿を見ているうち、自分も走りたくなってきた。そういう「場」に招かれるようにして走りだすランナーはかなりの数に上る。

ダイエットのために始めるランナーもいる。ジョギング愛好会では、金山マックスがそうだった。相撲《すもう》部から勧誘されたのにショックを受け、三桁に近づいてきた体重を落とすためにマックスは入会した。それなりにトレーニングを積んだおかげで体脂肪率は減ったが、体重のほうは思うように落ちていなかった。練習したあとはいったん減るのだが、それを上回るカロリーを摂取していては落ちるものも落ちない。

ジョギング愛好会でただ一人、南美瑠璃には陸上経験があった。もっとも、専門は200メートルだから畑が違う。高校時代には県大会の予選をビリで通過し、決勝の1レーンを走った。レースでも練習でも、「お願いします！」と手を挙げてから臨むのは短距離選手の条件反射のようなものだ。

短距離ではもう限界を感じたし、陸上部の練習は厳しいばかりであまり楽しくなかった。そこで、もっと長い距離を楽しく走れるようになりたいと思い、美瑠璃はジョギング愛好会に入った。長距離は使う筋肉が違うし、身についた習性でつい速いペースで入りすぎてしまうから、いまのところあまり結果は出ていないのだが。

キャプテンの高尾洋介はクラブの創設者だ。生まれ育った地方はマラソンが盛んで、県庁所在地の河川敷で行われる大会には小学生も参加することができた。給水所に水しかない、六月の初めに行われる草大会だ。

家族もみなランニングが好きだったから、洋介少年は早くも小学校高学年からフルマラソンを走った。若いけれどもキャリアは長い。走ることはもう生活の一部になっていた。

「キャプテン、ファイト！」

「まだ下にいるぞ」

メンバーから声が飛ぶ。

ほかのランナーに次々に抜かれながらも、洋介はマイペースで走り、競技場から出ていった。

キャリアはあるし、知識も豊富だ。練習熱心で、研究も怠《おこた》らない。腹筋などの補助運動も毎日行っている。ただ、惜しむらくは、洋介は素質に欠けていた。これだけまじめに練習してフルマラソンで4時間を切れない人は珍しい、といっそ感心されるほどだった。

そういう選手がエース格なのだから、湘南国際大学ジョギング愛好会のポジションはだいたい察しがつく。同じ大学のランニング同好会には早くも何周か抜かれていた。

エアアーチの手前のリレーゾーンでは、次々にたすきの受け渡しが行われていた。上位をうかがうチームの選手はラストスパートをかけている。

それと同じトラックを、24時間個人の部のランナーがたらたら走っている。カエルもシマウマもミッキーマウスも走る。ジャグリングをしながら走っているランナーもいる。通常の競技会とは趣が違う、なんとも奇妙な空間だった。

「あ、マックスが帰ってきた」

「おーい」

アップを終えた金山マックスが戻ってきた。

「ちょっと走っただけで疲れましたよ」

「まだ1周もしてないじゃない」

「思ったより暑いし」

マックスはそう言って、手で顔をあおぐしぐさをした。

母がドイツ人のハーフだが、日本語しかできない。生まれも育ちも湘南市だ。

「あっ、頭におみやげが」

「おみやげ？」

マックスは栗色の髪に手をやった。

「ちょっと風が出てきましたから」

「この調子だと、散っちゃうかもね」

マックスの頭に載っていたのは、桜の花びらだった。

「まだ大丈夫でしょう。三月なんだし」

「でも、五月の半ばくらいの陽気だって。冷たい雨や風よりはましだけど」

「雪もね」

マラソン大会は天候に左右される。雪が積もるとさすがに走れないから、レース自体が中止になってしまうこともある。河川敷の大会では、ときどきまともに走れないような強風が吹く。小雨ならかえって呼吸が楽になって走りやすいけれども、ウエアがずぶ濡《ぬ》れになるような大雨は論外だ。そういった悪天候に比べれば、今日くらいの時季外れの暑さはまだましと言えた。

「ま、夜になったら涼しくなりますよ」

「逆にぐっと冷えこんだりして」

「きっと凍えるほど寒くなる」

「まあ先は長いですから、せいぜい楽しみましょう」

「参加料、高いし」

そんな調子で、メンバーの会話は続いた。

それぞれに走る理由があるのは、人だけではない。チームにもある。

三月の最終週で、来週から四月になる。年度が替わる。別れと旅立ちの季節だ。ジョギング愛好会は、早くからこの大会に参加することを決めていた。四年生にとっては、学生生活の最後のイベントになる。もっとも、なかには留年が決まっている者もいるから、進む道は人それぞれだった。

クラブには四年生が多い。創設者の高尾洋介、溝ノ口かやの、北橋亜季、村松翔。メンバー表に記載されているランナーのうち、半数以上が最上級生だった。箱根駅伝ではないから、レースに出られなかったメンバーがたくさんいるわけではない。たまに顔を出す、あまり熱心ではない会員がいくらか名簿に載っているくらいだった。

下級生は、金山マックスと南美瑠璃が三年、一年は中戸川健太郎だけだ。今春の新人勧誘が不調に終われば、来年はメンバー不足で出られなくなってしまうかもしれない。それどころか、キャプテンの洋介が抜けた穴が大きく、クラブ自体が消滅してしまう恐れまであった。

洋介は田舎にUターンし、市役所に勤めることになっている。もう引っ越しは済ませているから、レースが終わればいつもと逆方向の列車に乗って帰っていく。

洋介と微妙な関係にあるかやのは、東京のメーカーに就職する。今後もその微妙な関係が続いていくのかどうか、それは当人たちにもわからない。

ケガが多くて「ガラスのショウ」の異名をとっている村松翔は留年するから、必然的に二代目のキャプテンになる。ただ、メンバーを引っ張っていけるかどうかは未知数だ。

これが最初で最後の24耐になってしまうかもしれない——メンバーはみな、どこかでそう思っていた。

普通のクラブには追い出しコンパのようなものがあるが、あえて言えばそれに代わるのがこのレースだった。洋介が早くから提案していたから、走るメンバーはずいぶん前に決まっていた。

「ケガをしたら仕方ないけど、ずっとこのメンバーでいく。変更しない。代わりはいないから」

あるとき、メンバー表を見ながら、洋介はついぞ見たことがないほど引き締まった表情で言った。何とも言えない表情で、翔はうなずいたものだ。

「ああ、やっと落ち着いた」

かやのが準備体操を始めた。

「カヤノさん、今日は出番多いからね」

「陰のエースだから」

「表のエースはだれ？」

「うーん……やっぱりヨースケかな」

「キャプテンかあ。ずいぶん遅いエースだなあ」

マックスがそう言ったから、メンバーは笑った。

競技場にランナーが次々に戻ってくる。その影が途切れることはない。

人にはみな走る理由がある。

チームにも、出場する理由がある。思いがある。

それぞれの思いを乗せて、24時間耐久レースは進んでいく。

しかし、まだ1時間が経過しただけだ。周回の区切りになる黄色いエアアーチはすぐそこに見えているけれども、本当のゴールは遠いところにあった。

C
2時間経過
残り22時間（午後2時）

「もう限界……」

麻友はとぼとぼ歩いていた。

曲がりなりにも走れたのは、最初の30分間だけだった。ほんの数回、近所を走っただけで参加するのは、やはり無謀だった。まだ序盤なのに、麻友は早くも遠足モードになってしまった。

レースの後半ならともかく、この段階から歩いているランナーはほかに一人もいなかった。うしろからどんどん抜かれていく。

6時間リレーの部の選手などは、目一杯の力走を見せていた。たすきが自分に渡ったときは全力で走り、競技場で休憩する。そしてまたたすきを受け取り、力いっぱい走る。選手の数が多いところは出番が限られてくるから、上位を狙うチームのメンバーはここを先途《せんど》の走りになる。

「がんばれー」

「ファイト！」

沿道から声が飛ぶ。

選手たちが走っているのは、総合公園の中のジョギングコースだ。べつに通行規制はしていない。公園を普通に散策している人の姿も多かった。なかにはしばし足を止め、ランナーに声援を送る人もいる。

「おねえさん、ファイト」

麻友にも声がかかった。

ゼッケンをつけて一人だけ歩いていると、いやでも目立つ。

「調子悪いの?」

「おねえさん、大丈夫?」

いかにも気のいいおばさんといった雰囲気の二人づれから声が飛んだ。

「大丈夫です。まだ自重してるんで」

麻友は笑顔で虚勢を張った。

「自重って、みんな走ってるよ」

「あれは6時間の部のランナーですから。わたし、24時間」

と、赤いゼッケンを誇示する。

「24時間って……あの、芸能人がよく走ってるやつ？」

「ん、まあ、似たようなもんです」

「じゃあ、一昼夜走るの？　休みなく？」

おばさんは目をまるくした。

「そうです。だから、最初から走ったら夜にバテちゃうので、日中は消耗しないようにまず歩いてるんです」

「へえ、考えてるんだ。今日はあったかいのを通り越して暑いくらいだからねえ」

「はい。みんながバテてきた深夜になったら、ぐっとペースをあげますから」

麻友は大げさに腕を振ってみせた。

「すごいなあ、おねえさん。感心するよ」

「じゃあ、がんばって。飴《あめ》玉あげるから、ほら」

麻友はおばさんからキャンデーをもらった。

今後も声がかかったらこの調子でかわそうと思った。夜には観客がいなくなる。本当にピッチを上げたかどうか、だれも確認になど来ない。

べつにウソはついていない。夜にピッチを上げるつもりだったのだが、思ったより暑すぎて消耗し、結局走れなくなってしまった――そういうことにしておこう。

しばらく歩くと、うしろからシマウマに抜かれた。観客に手を振りながら、ゆっくりと走っている。かぶりものをしているからもちろん表情まではうかがえないが、麻友の目には心の底からレースを楽しんでいるように見えた。

ほどなく、シマウマは右手に折れ、コースから外れた。

麻友は思わず吹き出した。シマウマが入っていったのは、動物園だったからだ。

ほんとにシマウマだったりして。

動物園からときどき抜け出して、かぶりもののランナーに変身……するわけないか。

シマウマに続いて、麻友も動物園に入った。先は長い。夕方になると動物園は閉まる。いまのうちに見物しておくことにした。

入場は無料。ポニーに乗るときだけ別料金がかかる。いたって小体《こてい》な動物園だ。

麻友が入ったとき、シマウマはある檻《おり》の前にたたずんでいた。

「あっ、シマウマだ」

「ゼッケンつけてるよ、ママ」

「そのシマウマさん、24耐のランナーなの。だから、ゼッケンつけてるのよ」

「へえ、すごい」

走っているときは愛想よく手を振っていたのに、シマウマは周りに反応しなかった。

じっと檻を見ていた。

シマウマが覗《のぞ》いていたのは、アライグマの檻だった。

ルルちゃん　ことし3才の女の子です。
ちょっと落ち着きがないけど、なかよくしてね。

表示板には、そう記されていた。

麻友も檻に近づいた。たしかに、落ち着きがない。アライグマのルルちゃんは、ハシゴに上ったり床をうろついたり、ひっきりなしに動いていた。

一方、シマウマは身じろぎもしなかった。アライグマが珍しいのか、それとも何か思い入れでもあるのか、鉄製の柵《さく》に手をかけ、少し前かがみになってじっと見ている。

「シマウマさん、ルルちゃん見てる」

「きっとおともだちなのよ」

「シマウマさん、こんにちは」

女の子が声をかけると、シマウマは我に返ったように動いた。

「こんにちは」

初めてシマウマの声が聞こえた。なんとなく線が細そうな、男の人の声だった。

「ルルちゃん、知ってるの？」

「ああ、知ってるよ。前に……」

シマウマはそこで言葉を切った。

「前に、何？」

女の子がたずねたとき、シマウマの首が動いた。麻友のほうに向けられた。

「ちょっと休憩してます」

麻友は右手を挙げた。

シマウマも応える。同じように挙がった手にはめられていたのは、ひづめの形をした手袋だった。飲み物のカップもどうにかつかめるようになっている。

「アライグマが好きなの？」

女の子はさらに質問した。

「シマウマさんもおねえちゃんも忙しいの。走ってるんだから」

若いママがたしなめる。

「大丈夫よ。おねえちゃん、もう歩いてるし」

麻友は開き直った。

「じゃ」

何かを思い切るように短く言うと、シマウマが手を挙げた。

また走りだす。

「がんばって、シマウマさん」

「シマウマ、がんばれ」

母と娘が声援を送った。

着ぐるみで走るのは、普通のスタイルより体力を消耗する。ましてや24耐だ。よほど自信がなければ、重い仮装では参加できない。ゆっくりとしたペースだが、シマウマの走り方には無駄がなかった。

「ピンクのおねえちゃん、走らないの？」

「走るよ。あのシマウマさん、いまから抜くから」

子供に不満そうに言われたから、麻友もまた走る気になった。着ぐるみを追いかけてコースに戻る。

動物園を出るとき、女の子の声が聞こえた。

「あのおねえちゃん、走り方、変」

引き返してやろうかと思ったが、大人気ないのでやめた。それに、自覚症状もあった。普通に走っているつもりなのに、なかなか前へ進まないのだ。

シマウマの背中は、そのうちだんだん小さくなっていった。

まあ、いいや。

どうせまた1周抜かれるから。

麻友はすぐ立ち止まり、両ひざに手をやった。

D

3時間経過
残り21時間（午後3時）

「ファイト！」

走りだしたランナーに向かって、洋介が声をかけた。

亜麻色に染めた髪をオレンジのリボンで束ねたランナーがたすきをかけ、にこやかに手を振る。

「飛ばしすぎるな……亜季」

少し迷ってから名を呼ぶ。

「マイペース、マイペース」

ほかのメンバーも声援を送った。

マネージャーの健太郎が、正の字に棒を一本加える。

湘南国際大学ジョギング愛好会は、一応のところ順調にたすきをつないでいた。各自の出番はまだまだ多い。いやと言うほど回ってくる。前半は無理をせず、ハイペースで飛ばすほかのチームに惑わされることなくゆっくり走り、できるだけ脚を温存する作戦だった。

「バカ、前へ行かせろ」

「そんなとこで競ってどうする」

「ニコニコペースで!」

続けて声が飛んだ。

レースは動いている。たらたら走っていると、うしろからどんどん抜かれる。そこでついむきになったりしたら、その分の体力が失われてしまう。

分担するのは1周や2周ではない。序盤に力走するのは愚の骨頂だった。

「ごめーん、つい体が動いちゃって」

遠くから返事があった。

「ゆっくり、ゆっくり」

「お先にどうぞの精神」

メンバーはしきりになだめるしぐさをした。ただでさえ負担が増えているのに、序盤に一人つぶれたらその分まで肩代わりをしなければならなくなってしまう。声を飛ばすほうも必死だった。

ランナーと入れ違いに、マックスが帰ってきた。

「予定どおりですね。ベストテンに入ってます」

軽く敬礼をしてから報告する。

1時間ごとに途中経過の表が貼り出される。マックスはそれをチェックしてきたのだった。

「まだ下にいる?」

「何チームかいますよ。いい勝負だけど」

「なんとかベストテンからは抜け出したいなあ」

「それはちょっとどうでしょう。家族系のチームなら、うちでも勝負になりそうな感じだったんですけど」

マックスは歯切れの悪い返事をした。

言うまでもなく、「ベストテン」は下から数えている。裏ベストテン——早い話が、ワーストテンだ。

「二人だけのチームとか、いる?」

「いますよ。『鉄人兄弟』」

「あれは別格だから。うちらなんて、束になってもかなわないよ」

「勝てそうなチーム、なかなかないなあ」

いくらプログラムをめくってみても、見るからに弱そうなチームはあまりなかった。同じ湘南国際大学のランニング同好会を筆頭に、まじめに走りこんでいる大学のクラブチームがかなり出場している。企業の陸上部も多い。部員がたくさんいるところは、AチームとBチームに分かれている。二軍でも、ジョギング愛好会とは比べものにならなかった。

各地域の走友会は大会の主力だ。もちろん弱いわけがない。役所や病院のチームも強い。家族が主体のチームなら勝負になるかと思いきや、これがまた侮れない。裏ベストテンから抜けるのは容易ではなさそうだった。

「羽石《はねいし》さんとこも、息子さんがトライアスリートだそうですから、少なくとも五人前ですね」

「焼肉みたいだな」

「それを言うなら、五人分でしょ。マックスなら十人分」

「うう……もっとかも。鍛えに鍛えた筋肉だったから」

羽石家のチームとはテントを共用していた。24耐は苛酷なレースだが、ランナー同士の関係は密になりやすい。マックスはさっそく、写真などをきっかけに交流を温めてきたようだ。

「去年の暮れに亡くなったお祖父さんは、八十代の半ばになるまでフルマラソンの大会に出てたそうです」

「八十を超えても、まだ現役で走ってるランナーはいるからなあ」

「なかには九十だって」

「で、ほんとはお祖父さんに1周だけでも走ってもらうつもりだったのに、急なことで……」

マックスはにわかにあいまいな表情になった。

「温泉入りたいなあ」

場がいやに湿っぽくなってしまったから、かやのがやや強引に話題を変えた。

「そう言えば、うちも行く予定でしたよね」

「だから、そこから離れなさいって」

「すいません」

「また行けばいいさ。温泉旅行の計画を練り直して」

「でも、ヨースケは田舎へ帰っちゃうんだし」

「そもそも、ほかのメンバーはお邪魔では？」

「クラブのイベントとして提案してるんだから」

しばらく無駄話が続いた。

こうしてしゃべっていると、この時間が永遠に続きそうだが、もちろん終わりはやってくる。どのメンバーもそれはわかっていた。今日が別れのレースだ。

それだけに、みないつもよりやや饒舌《じょうぜつ》になっていた。少し前は、ある事情で顔を合わせても場が妙に沈滞するばかりだったけれども、今日は会話が弾んだ。

「あっ、帰ってきた」

オレンジのリボンのランナーが手を挙げる。

「もう1周いける？」

次走の翔がたずねた。

「無理」

大きな×印のサインが出た。

「じゃあ、交替」

「ガラスのショウが快走します」

「10周くらいはいけるよね」

「まあ成り行きで」

「ほんとに10周走るのかよ」

「口だけ、口だけ」

メンバーは軽口を飛ばしていたが、急に雰囲気が変わった。残りがトラック半周になったとき、何を思ったのか、たすきを外したランナーが全力疾走を始めたのだ。見違えるようなスピードで前を次々にかわしていく。

「バカ、そんなとこでスパートしてどうする」

「人の話を聞いてないな」

「これで終わりじゃないんだぞ、亜季！」

たちまち集中砲火を浴びたが、スピードは落ちなかった。まったく周りを見ていない。

「まあ、いいんじゃないでしょうか」

「あんなスパートができるのも、いまのうちだけだろうし」

「じゃあ、好きなように走れ」

周りのチームから笑いがもれた。

ほどなく、ジョギング同好会のたすきリレーが終わった。短距離走者のように全力疾走で渡し終えたランナーは、グラウンドにへたりこんだ。

「あほだなあ。まだ序盤なのに」

「あと……何時間だっけ？」

マネージャーの健太郎は、時計を見てから冷静に答えた。

「ざっと、21時間ですね」

メンバーの一人が、立ちくらみを起こす真似をした。

E

4時間経過
残り20時間（午後4時）

桜の花びらが流れてくる。

着実なペースで走りながら、永井《ながい》真那夫《まなお》はその薄赤いもののゆくえを目で追った。

真那夫がこのレースに参加するのは三度目だった。過去二回は6時間の部で、今年初めて24耐に臨む。

ランナーに知り合いはだれもいない。ただ黙々と走り、レースが終わったら無言で帰宅するだけだ。

走っているときばかりではない。真那夫は毎日をほぼ無言で過ごしていた。ときおり独り言をつぶやく以外は、固く口を閉ざしている。

まだ大学に籍はあるが、授業にはほとんど出ていない。まっとうな就職を望む親との関係がこじれ、仕送りを打ち切られてしまったため、ガードマンのアルバイトをして生活費を稼いでいる。最低限の会話だけで済む職場だから、とりあえずこのままフリーター生活になってもいいかなと真那夫は思っている。

走りはじめたのは三年前だ。人は、そして世界はなぜかく在《あ》るのか、在らねばならないのか——そういった根源的な謎《なぞ》を解くために、少なくとも肉薄するために、真那夫は学んでいた。学校に通い、多くの書物を読んだ。

だが、読めば読むほど、言葉が自分の心から離れていくような気がしてならなかった。そんなころ、真那夫は走りだした。なぜかはわからない。わかるような気もするが、明確に語ることはできない。だから、真那夫はいまも走っている。

根源的な謎を解こうとする行為と走ることは似ている、と真那夫は思う。走っているときに、「解けた」と思う瞬間がある。頭の中でもやもやしていた氷のようなものが解け、だしぬけに水が美しく流れだすのだ。

しかし、それは錯覚にすぎない。このままのペースでどこまでも走っていける、いつまでも走れる――そういったランナーズ・ハイの状態に陥っているだけだ。しばらく走ると苦しくなり、頭の中も濁ってしまう。

世界をかく在らしめている謎は、白い球体のようなものではないか。真那夫はぼんやりとそんなイメージを抱いている。決してこの手でつかむことはできない。形や手触りがあり、科学的に分析できるものであれば、すでにそれは謎ではない。

あらゆる空白を凝縮したかのような、白い球体――書物をいくら読んでも、それに近づくことはできない。だが、走れば見えるかもしれない。謎それ自体のうしろ姿、そのゼッケンくらいは幽《かす》かに見えるかもしれない。

そう思い、真那夫は走っている。公園の周回コースを、だれともしゃべらず、ただ黙々と走っている。同じところをぐるぐると回り続けている。

＊

シマウマはコースを逸《そ》れ、トイレに入った。

普通のマラソン大会なら仮設トイレなどが用意されるのだが、短い周回コースで参加人数も多くない。公園や競技場内に設置されているもので不足はなかった。

「シマウマさん、ナイスファイト」

トイレでも声がかかった。右手を挙げて応える。

すれ違う際に、ランナーはシマウマのゼッケンをちらりと見た。そこには名前も記されていた。

星井《ほしい》　新《あらた》

その名前をインターネットで検索すると、さまざまな大会のデータがヒットする。フルマラソンでは2時間台の好記録も持っていた。

通気性のいい生地を用いているとはいえ、普通のウエアに比べれば着ぐるみは格段に重い。汗をかき、体力を消耗する。ましてや24耐だ。もともとの走力がなければ、とても着ぐるみで完走することはできない。

仮装ランナーは、二つのタイプに分けることができる。一つは純粋に仮装を楽しみながら走るタイプだ。タイムはいくら遅くてもかまわない。制限時間をフルに使い、沿道の観客と交流しながら楽しく走る。言わば、ロードパーティ派だ。

もう一つは、仮装でも速く走れることを誇示するタイプだ。あのランナー、いかにも走りにくそうな仮装なのに、あんなに速く走ってる——そんな驚きを喚起することに言い知れない喜びを覚える。こちらはやや変格の競技者派と言えた。

ベストタイムがなかなか詰まらない、いくら練習しても結果が出ない——そんな頭打ちの状態になってしまったら、ランナーはさまざまな選択をする。

今度はタイムではなく距離に挑み、ウルトラマラソンに出るようになる。山岳系のトレイルランナーに転向する。いっそのこと、トライアスロンを始める。

フルマラソンにこだわるランナーは、「フル百回」などの回数に挑む。北から南まで、全国のフルマラソンを走破しようとする。海外の主要な市民マラソンに出場する。

そういった有力な選択肢の一つに、「仮装ランナーになる」が含まれているのだった。

市民ランナーにとっては最高の舞台である大きなレースにも出場した星井は、思うところあって仮装ランナーに転向した。もう山頂には上った。さらに上を望めば、家族に迷惑をかけてしまう。練習に費やす時間を妻と娘とともに過ごし、あとは楽しく走ろうと気持ちを切り替えたのだ。

努力を重ねてたどり着いた山の上から、沿道に手を振りながらゆっくりと下りることにした。星井は特注のシマウマの着ぐるみを作り、仮装ランナーに転向した。

妻の果梨《かりん》も、一人娘の麻梨《まりん》も、とても喜んでくれた。近くで行われるレースには、必ず応援に来てくれるようになった。懸命に山頂を目指しているときは休日も練習ばかりで、家族がバラバラになりかけたこともあったけれども、シマウマの登場のおかげで絆《きずな》はまたしっかりと結ばれた。

トイレの鏡の前に立つと、星井はシマウマのかぶりものを脱いだ。今日は三月とは思えないほどの陽気だ。顔には玉の汗が浮かんでいた。

顔を洗い、着ぐるみの衣装でぬぐう。それから、鏡に顔を映した。

手に持っているシマウマの顔には笑みが浮かんでいる。思わず釣られて笑顔になってしまいそうな雰囲気だ。

しかし、中に入っているランナーの表情は違った。

「あと20時間か……」

星井はため息をついた。

そして、またおもむろにシマウマの頭部をかぶった。

＊

花びらが流れていく。

まだジョギングコースに降りつもるほどではないが、その数は着実に増えていた。

桜は真那夫の好きな花だった。ことに散る桜が好きだ。桜が舞い散る丘にたたずみ、夜空を眺めながら、真那夫はときどき哲学をする。

ぼくは、いま、そして、ぼくらは、どこから来てどこへ行くのだろう。枝を離れた桜の花びらは、虚空を舞っている。地面に降るまでの短い旅の途中にいる。そのさまは、かく在らねばならないぼくの、そして、ぼくらという儚い存在のようだ。

走っている途中も、真那夫はものを考える。結論が出るはずがない問題について、あれこれと考えを巡らせる。

しかし、ある時間や距離を超えると、風景とともに言葉がふっと遠のく。おぼつかない手つきで積み重ねてきた言葉の塔全体が、不意に白くなって崩れてしまう。

その瞬間は、真那夫にとっては実は快感だった。せっかく考えてきたことが無に帰してしまうのに、なぜか清々しい気分になるのだ。


言葉が溶けて、汗になる。

風景に透明な絵の具のようなものが塗られ、ほんの少し白くなる。

道がある。

ぼくが走っていく道がある。

そこだけが世界になる。細いひとすじの空白になる。

ことによると、そのわずかな空白に身を置きたいがために、いまもこうして走っているのかもしれない。真那夫はそうも思う。

答えはわからない。わからないから走っている。脚を動かし、手を振り、同じところをぐるぐると回っている。

前方に仮装ランナーが見えてきた。シマウマの着ぐるみの肩のあたりにも、桜の花びらが降っている。

沿道の声援に応えながら、シマウマが走る。見たところ何の悩みもなさそうな仮装ランナーと入れ替わったら、いったいどんな人生になるだろう。ふとそう思った。

「お兄さん、がんばって!」

真那夫にも声援が飛んだ。

少し手を挙げたが、表情は変わらなかった。しばらくシマウマのうしろについてから
かわし、真那夫は前へ走っていった。

F

5時間経過
残り19時間（午後5時）

「さあ、いよいよ残りは1時間を切りました！　6時間の部は、ここからが正念場です。ランナーのみなさん、がんばってください！」

競技場のDJが声を張り上げた。

6時間の部は終盤になった。上位争いをしているチームはたすきをエース級につなぎ、ラストスパートをかけはじめた。コースのほうぼうでデッドヒートが繰り広げられる。

同じ6時間の部でも、個人の部のランナーには大きな差がついていた。前半に飛ばしすぎたランナーはすでに余力がなく、重くなった足を引きずりながら歩いている。なかには早くもギブアップして、グラウンドに腰を下ろしている者もいた。

6時間にしとけばよかったなあ。

それでも大変なのに……。

ああ、脚が痛い。


麻友は後悔していた。

あれからほとんど走っていなかった。歩いている時間も決して長くはない。グラウンド内には無料でマッサージをしてくれるコーナーがある。そこで脚の筋肉をほぐしてもらったり、テントの中でぼけっとしたり、動物園のベンチに腰を下ろしてポニーやアライグマを眺めたり、休んでいる時間のほうがずっと長かった。もちろん、経過報告によると、ゼッケンナンバー72の月岡麻友選手はビリを独走していた。

同じテントのふくらはぎさんと黄色いリボンさんには何度も抜かれた。

「ファイト！」

「先は長いよ」

声をかけられるたびに、麻友は笑みを浮かべて「はい」と答えた。

しかし、実際はどうも身の置きどころがなかった。マラソンの大会に出ているのに、ほとんど走っていないのだから。

せめて競技場のトラックだけでも走ろうかなあ。

そうすれば、ずっと走ってるように見えるし。

麻友はそう思い立った。

問題は、まだ走れるかどうかだ。なにしろ最初の30分しか走っていない。それも、ハエが止まるようなジョギングペースだ。脚の余力もさることながら、走り方自体を忘れてしまったような気がした。

その場で試してみることにした。腕を振り、走るよ走るよと体に言い聞かせてから、ふわっと離陸する。

なんとか脚は動いた。前にも進む。少なくとも、歩くよりは速かった。

だが、走っているという感覚には乏しかった。相変わらずどんどん抜かれていく。なかには見るからに疲労困憊《こんぱい》しているランナーもいるが、それでもまったく追いつくことができない。

これでいいのかなあ。

なんだか違うようような……。

首をかしげながら、とにもかくにも走っていると、うしろから声がかかった。

「ピンクのおねえさん、あごを引いたほうがいいよ」

「あご？」

隣にランナーが来た。

顔立ちは外国人みたいだが、言葉は純然たる日本語だ。足踏みみたいなランニングをしながら言う。

「その走り方じゃ、ちっとも前へ進まないだろう？」

「うん」

「まるで道の上で溺《おぼ》れてるみたい。腕振りも真横だし。コントやってるんじゃないんだから」

ランナーはあきれたように言った。

Tシャツの中央には、軟弱なオレンジのハートマークがプリントされていた。湘南国際大学のジョギング愛好会だ。

「だって、初心者なんだもん」

麻友は立ち止まった。走ったのはほんの50メートルくらいだが、息が切れてひざが痛んだ。

「えー、でも、月岡さんは24時間じゃないの？」

「ど、どうしてあたしの名前を……」

「ゼッケンに書いてあるじゃない」

「あ、そうか」

麻友も相手のゼッケンを見たが、チームの選手は個人名まで記されていなかった。

「ぼく、マックス。金山マックス」

それと察して、マックスが言った。

「へえ、速そう」

「よく言われる。あと二十キロ痩《や》せたら、きっとむちゃくちゃ速くなるよ」

マックスはそう言って、おなかをポンとたたいて見せた。

競技場のほうへだらだら歩きながら、二人は話をした。学部は違うが、同じ湘南国際大学の三年生らしい。おかげで話は弾んだ。

「油を売ってて大丈夫なの？　レースの最中なのに」

麻友はたずねた。

「どうせぼくのパートは期待されてないし、そもそも上位をうかがうようなチームじゃないから」

「やる気ないなあ」

「最下位に落ちそうになったらがんばればいいんだよ」

マックスはしれっと答えた。

そのかたわらを、必死の形相のランナーが駆け抜けていく。1キロに均《なら》せば4分を切るようなハイペースだ。

「わたし、独走してるみたいよ、女子の個人の部の最下位」

「そりゃそうだろう。きみより遅いランナーがいたら驚く」

「しょうがないじゃない。初マラソンなんだから」

「えっ、初マラソン？」

マックスは目をまるくした。

「それで、いきなり24耐？　ろくに練習もしないで？」

「いまは後悔してるけど」

「それって、清水の舞台からダイビングするみたいなもんじゃない」

「悪かったわね」

麻友はほおをふくらませた。

「10キロのレースなら、きみみたいなランナーは結構いるんだけどねえ」

マックスは麻友の派手なランスカに目をやった。

当今はランニングブームだ。そのせいで、シリアス度が低い、あまり泥臭くないレースではおしゃれ系のランナーが目立つようになった。

例えば、フルと10キロが行われる大会だと、同じマラソンでも客層が違ってくる。

10キロの選手のほうが明らかに華やかだ。フルの選手はいくらかわいくお化粧しても、走っているうちにボロボロになってしまう。

「ちょっとだけ間違えたかも」

「ちょっとね」

マックスは両手で幅を作ってみせた。ずいぶん広い「ちょっと」だった。

「でも、まだ残りがたくさん……」

「夜はテントで寝るんだろう?」

「一応そのつもりだけど、ずっと寝てるわけにもいかないから」

「ひょっとして、サポーターも持ってないとか」

マックスは自分のひざを指さした。

両ひざには、ゴム製の黒いサポーターが装着されていた。動きやすいように、お皿の部分だけをくりぬいた形になっている。

「エアーサロンパスは持ってきたけど」

「それだけ?」

「うん。何を買っていいかわかんなかったし」

「無謀だなあ」

マックスはまたあきれた顔になった。

「かなり走りこんでるランナーでも、テーピングくらいはしてるよ。陸の上で溺れてるみたいなフォームなんだから、ちゃんと防御しとかないと」

「そんなに変？　わたしのフォーム」

「変」

即答だった。

「まず、あごが上がりすぎで、背中がそっくり返ってる。あれだと体重が前へ移動していかない。その場で足踏みしてるのとあんまり変わらない」

マックスは分析を始めた。

自分で走るとまったくたいしたことがないが、ランニングの基本は押さえてある。他人のフォームの欠陥を指摘するのはさほど難しくなかった。まして、いいところが一つもない欠陥だらけの初心者ランナーのフォームだ。

麻友は殊勝にマックスの言うことを聞くようになった。試しにあごを引いてみると、全然違った。「走っている」という手ごたえがあった。

「そうそう。ずいぶんましになってきた」

併走しながらアドバイスを送る。

「あと、腕の振り方がめちゃくちゃ。もっとうしろへ引く。肩甲骨を使うんだ」

「こう？」

「うん。うしろにストーカーが張りついてて、そいつにひじテツを食らわせるみたいな感じで」

「ひじテツね」

半信半疑で試してみたら、さらに前へ進んだ。まるで魔法みたいだった。

「ゼロから始めたら、それなりに進歩するなあ」

にわかコーチ役のマックスは感心したように言った。

「次は、胸を軽く開いてみる」

「えっ、脱ぐの？」

麻友は驚いてウエアに手をやった。

「脱いでどうするんだよ。アジの開きとかあるだろ？　あんな感じ」

「わかんない」

「軽く胸を開く……つまり、胸を張るわけだ。そうすれば、力まなくてもスムーズに重心を移動できるようになる」

「なら、最初から『胸を張る』って言えばいいじゃない。はー」

麻友の息が荒くなってきた。

「それから、腰の位置を上げる」

「こう？」

「そっくり返らない。おへその下から脚が生えてるような感覚で。そうすれば、脚を長く使える」

「そんな、無理言わないでよ。……あっ」

麻友は急に立ち止まり、顔をしかめて右ひざを押さえた。

「どうした?」

マックスも止まる。

「ひざが、くき、って言った」

「歩ける?」

「うーん、なんとか。走るのはだめそう。息も切れちゃったし」

ややあって、麻友はこわごわと歩きだした。

「土台ができてないから、体が悲鳴をあげたんだね。ごめんごめん」

「それなら、最初からコーチしてくれればいいのに」

「だって、いま初めて見かけたんだから」

マックスが両手を軽く広げた。

「とにかく、ひざの手当てをしてあげないと」

「そうだね。サポーターを貸してあげたいところだけど、あいにくぼくのはＬＬサイズだ。ずり落ちてきて役に立たない」

「いいよ、汗臭いし」

そんな調子で、しばらく話をしながら歩いた。

結局、競技場にたどり着いたら、痛めたひざにテーピングを施してくれることになった。湘南国際大学ジョギング愛好会のテントには空きがあるらしい。女性部員もいるようだから、麻友はそこで休憩することに話がまとまった。

「じゃ、ラストスパートかけてくる」

マックスは笑顔で言った。

いくら期待されていないとはいえ、あまり長く油を売っていたらほかのメンバーから文句が出る。

「じゃあね」

麻友は手を振り、マックスのうしろ姿を見送った。そのランニングフォームをじっと観察してみる。

偉そうなこと言ってたけど、全然たいしたことないじゃない。

太ってるから、足がちっとも上がってないし。

それに……。

麻友は思わず吹き出した。

マックスは、ひと目でわかるがに股で走っていた。

＊

ときおり立ち止まりながら、麻友はゆっくりと競技場のほうへ歩いた。

前方に、青いオブジェが見えてきた。手のような形をした前衛風のオブジェを初めて見たときは、わりと面白いと思った。しかし、二度見たら飽きる。三度見たらもっと飽きる。四度目はさらに食傷する。

公園内の周回コースだから、いつでもリタイアできる。山道を走る耐久レースと違って、救護班が近くにいるから調子が悪くなっても安心だ。

しかし、そういった利点ばかりではない。同じ景色ばかり現れるから、なにより退屈だ。湘南24耐は、体力ばかりでなく精神力も要求されるレースだった。

麻友はどちらも乏しかった。根気のいい「宇宙人」というのは、いま一つ想像しがたいものがある。気持ちの切り替えは早いが、単調な繰り返しには弱い。

つまんないなあ、おんなじで。

いくら桜は咲いてても、コースが同じだし。

まあ、夜になったらライトアップされるから、多少は景色が変わるかな。

あ、でも、夜はべつの心配があるんだった……。

麻友はまた「盲点だったこと」を思い出した。

日は徐々に西へ傾いていた。夕方になればやがて夜になり、深夜になって闇《やみ》が濃くなる。わざわざ確認するまでもない当たり前のことだが、麻友にとってはある種の切実さを伴っていた。


まっ、いいか。

なるようにしかならないんだし。

いざとなったら、テントに避難させてもらえばいいし。


さっと気持ちを切り替え、麻友はまた歩きだした。

最短距離を走るランナーの邪魔にならないように、外側のほうを歩く。何度も見かけたランナーが疾走していく。ゴールが間近い6時間の部のランナーばかりではない。24時間の部なのに、目を見張るような速さで周回を続けている選手もいた。

記録を調べたところ、昨年の男子の優勝記録はなんと250キロを超えていた。東京と箱根の往復は約214キロだから、それよりもずっと長い。ひと晩で箱根駅伝より長い距離を走るのだから、これはもう超人としか言いようがなかった。

リレーの部はさらに記録が伸びる。精鋭をそろえた優勝チームは、もう少しで400キロの大台に乗るところだった。東京からおおよそ仙台まで走るのと同じ距離だ。

だが、下はたいしたことがない。現在、最下位を独走している麻友は、小学生でも勝てそうな距離しか進んでいなかった。

ようやく競技場が見えてきた。

「おねえさん、ファイトね」

「ご苦労さまです」

係員のおばさんにあいさつし、競技場に入ったところでうしろからぬっとシマウマに抜かれた。

「シマウマさん、がんばって」

声をかけたら、着ぐるみランナーは愛想よく手を振って応えてくれた。

おかげで少し元気が出た。ひざのケアがまだだから走るのは自重したが、腕の振りだけは強くした。マックスに教えられたとおり、うしろのランナーにひじテツを食らわせるように振ってみる。

「月岡さん、がんばってる?」

黄色いリボンさんから声をかけられた。

「ちょっとひざを痛めちゃって」

「そう。それは大変ね」

その場で足踏みをするように伴走しながら、リボンさんは心配そうに言った。

「テーピングしてもらうことになったので、大丈夫です、たぶん」

「無理しないで、先は長いから」

「はい」

しばらくトラックを歩いていると、反対側にマックスの姿が見えた。

「残り200メートル!」

声をかけて手を振る。

「がんばれ」

「テントが待ってるよ」

声援を送っているのは、マックスだけではなかった。
二、三人かと思ったら、予想外に多かった。ジョギング愛好会のメンバーが、みな笑顔で麻友を迎えていた。

G

6時間経過
残り18時間（午後6時）

「遠目には美形に見えるなあ」

翔が失礼なことを言った。

「近づいても美形ですよ。性格は問題ありそうだけど」

マックスがさらに失礼なことを口走る。

「でも、よくレース中に釣ってきたなあ」

と、洋介。

「マックスも隅に置けないわね」

かやのがひじでつついた。

「まあとにかく、貴重な新入会員だから歓待しましょう」

「そうだね」

「最後のメンバーかもしれないし」

いつのまにか、月岡麻友はジョギング愛好会の新入部員ということになってしまった。ラップタイムがずいぶん遅れた理由を問い詰められたマックスは、とっさの思いつきで適当なことを答えた。

「熱心に部員の勧誘をしてたので、遅れるのは仕方ないでしょう」

あからさまな事後承諾だが、まあ大丈夫だろうとマックスは高をくくっていた。逃げたくても、相手には逃げる脚がない。会員で取り囲んでしまえばこっちのものだ。

ピンクのウエアが少しずつ大きくなり、ようやくエアアーチにたどり着いた。遠目ではなく、顔がはっきり見えた。

「ようこそ、ジョギング愛好会へ」

「あたし、かやのです。よろしく」

「一緒にがんばりましょう」

メンバーが口々に言うから、麻友はすっかり面食らった。

「えっ、どういうこと？」

けげんそうな表情でマックスにたずねる。

「ああ、その件ですか」

マックスはとぼけた顔で答えた。

「ジョギング愛好会の新入会員には、特典としてテーピングを施し、テントをお貸しして、24耐が終わるまでケアすることになっております。おめでとうございます。ジョギング愛好会へようこそ」

「えー、聞いてないよ」

麻友はほおをふくらませた。

「話が違うじゃないか、マックス」

「ほめて損した」

「早業かと思ったらフライングですか」

口々に声が飛ぶ。

「ま、多少の手順の前後はありましたけど、この際だから入ってもらいましょう」

失点を取り返そうと、マックスは改めて勧誘を始めた。

「初心者は大歓迎だから。どんなにレベルが低くたって、うちなら大丈夫。練習についていけないってことはない」

「そもそも、合同練習自体をあんまりやってないからなあ」

洋介も言う。

「個人の都合に合わせて参加できるし、べつに幽霊会員でもOK。これも何かの縁だし、気が向いたら参加するって感じでお願いします」

「うーん、とにかく、テーピングをしてもらえるっていう約束だったので……」

麻友はひざに手をやった。

こんなところで立ち話などしていないで、早く休みたかった。

「じゃあ、あたしが。大丈夫？　肩を貸しましょうか？」

かやのが甲斐甲斐しく申し出た。

「なんとか歩けます。走るのは無理そうだけど」

「オッケー、新入会の特典でマッサージもしてあげる」

「そうそう。いまなら入会金も免除」

「ドリンクもサービス」

というわけで、麻友はまったくの成り行きで湘南国際大学ジョギング愛好会に入ることになった。

＊

「最初からこうやってテーピングしとけばよかったんですね」

テントの中で、麻友が言った。

入念にテーピングしてもらったおかげで、ひざの違和感はだいぶ薄れた。しばらく休めば、遠足モードならレースに復帰できそうだ。

「いきなり自分でテーピングするのはむずかしいかもしれないけど、ワンタッチでできるのも売ってるから。次からそうするといいよ」

太ももにサロメチール軟膏を塗りこみながら、かやのが言う。

「次ねえ……」

麻友は思わずため息をついた。

「もっと短い距離から始めればいいのよ。3キロとか5キロとか。いきなり24耐に出る人がどこにいるの」

「あ、一人ここに」

麻友は手を挙げた。

それから、死んでやると思って24耐の出場を決めた経緯を素直に語った。マッサージを続けつつ、かやのはときどき爆笑しながら聞いていた。

「ヘンな子ねえ、麻友ちゃんって」

「よく宇宙人って言われます」

「わかるわかる」

「何も考えてないのかも」

「そういう人は、なまじ考えないほうがいいの」

そんな調子で、すっかり打ち解けてきた。

テントの中にいるのはかやのと麻友だけだった。微妙な部分のマッサージもするからという理由で、一時的に男子禁制となっている。

もちろん、遅いとはいえレースは続いている。ちょうどいまたすきをかけて走っているメンバーもいた。

麻友はテントの中にあるものを横目で見ていた。スポーツタオルや控えのシューズ、麻友も持ってきたエアーサロンパスといった「あるべくしてあるもの」のなかに、ちょっと首をかしげるようなものがいくつか交じっていた。明らかにそれだけが異質だった。


何か事情があるみたいだけど、いきなりたずねるのもどうかなあ。

まあ、タイミングをみて訊いてみようかな。


麻友はそう思った。

「はい、今度は腹ばいになって。腰も痛いでしょ？」

かやのが問う。

「なんだかどこが痛くてだるいのかわかんないくらいで」

「そりゃあちこちに負担がかかるわよ。見るからに鍛えてないから」

「贅肉はあんまりないんですけどね」

「でも、体脂肪率は高いでしょ？」

「うん、図星」

麻友は手で妙なマークみたいなものを作った。

「なんか、筋肉の手ごたえがないのよね」

「たしかに腹筋もできないし。……あっ、そこそこ」

ツボを押さえられた麻友は声をあげた。

そんな調子でマッサージは続いた。体勢が変わると、視野に入るものも変わる。異質なものが目に入る。麻友はときおり微妙な顔つきになった。

「ありがとうございました」

一段落したところで、麻友はペコリと頭を下げた。

「どういたしまして。こちらこそ、練習台になってもらって」

かやのが指圧のポーズを取る。

「これでまた走れる……かな？」

「あんまり無理しないほうがいいよ」

「はーい。ところで、あの箱は夜食ですか？」

麻友は気になっていたものの一つを指さした。

中身はジャンボどら焼きだが、どう見ても業務用だ。

「ああ、あれね。マックスが持ってきたの。個人の所有物」

かやのはおかしそうに答えた。

「だって、山のように詰まってますよ、これ」

麻友は箱から一つジャンボどら焼きを取り出した。顔の半分くらいある大きさだ。

「さすがに全部は食べないだろうけどね。だから、いくら走っても痩せないの」

「はあ」

麻友はあきれていた。

カーボローディングと言って、長距離を走る選手は炭水化物を多く摂取する。糖質もいい。その二つを含むどら焼きを折にふれて食べながら24耐を走るのは決して間違ってはいないが、物には限度というものがある。一箱食べてどうする。

「よかったら食べて。おなか空くでしょ」

「ありがとうございます。見たら食べたくなってきて」

麻友はどら焼きの包装紙を開け、視線をちょっと脇へすべらせた。

そこに異質なものが飾られていた。

「気になります？」

ことさら軽い調子で、かやのはたずねた。

「え、ええ……」

麻友はあいまいな返事をした。

「じゃあ、新入会員なんだから、話してあげる」

かやのはそう言って座り直した。

＊

「残り5分を切りました！」

ＤＪが声を張り上げた。６時間の部のフィナーレだから、もうかなりかすれた声になっている。

競技場のトラックには、ランナーの姿が何人かあった。制限時間が近いから、６時間の部の選手はもう新しい周回に入らない。長かったが、いよいよそこがゴールだ。

「ラスト、ラスト！」

「一つ抜け」

声援が飛ぶ。

周回数が同じなら、先にゴールしたチームのほうが上の順位になる。最後までベストを尽くそうとする選手も少なくなかった。

「がんばって」

「お疲れさま」

ボランティアから声がかかる。

個人の部の選手が手を挙げて応える。途中から歩いたとしても6時間だ。なかには痛めた足を引きずりながらようやくゴールにたどり着くランナーもいた。

しかし、24耐のほうはまだ四分の一に差しかかったところだ。次々にゴールするランナーを横目に、赤ゼッケンの選手たちは淡々と走っていた。

ジョギング愛好会のランナーも帰ってきた。疲れがたまってきたのか、かなり崩れたフォームになっている。ピッチも遅い。ハエが止まって熟睡しそうな遅さだ。

「おーい、亜季、背筋を伸ばせ！」

翔が手をメガホンにして檄《げき》を飛ばす。

「まずいぞ。あいつ、6時間で電池が切れてきた」

「だから、最初のほうに無理するなって言ったのに」

メンバーは口々に言った。

「亜季ちゃーん、バテるの早すぎるよ」

かやのが声をかけた。

その隣には麻友がいた。

「亜季さーん、がんばってくださーい」

一緒になって声援を送る。その名を呼ぶ。もうすっかりメンバーの顔だ。

「なじむの早いなあ、麻友ちゃん」

マックスが感心したように言った。

「そう言う自分も『ちゃん』付け」

「嫌い？」

「ううん、べつにいいけど」

ランナーはたすきを外した。ピッチはいっこうに上がらない。

「おーい、亜季！　ノルマはもう1周なんだけど」

洋介が指を一本立てた。

「無理」

ランナーが手で大きな×印を作った。

「わかった、ラスト！」

そう言われても、いっこうにスピードは上がらなかった。フォームがバラバラで、いやに右へ傾いている。

「足も痛いみたいね。誤算だなあ」

と、かやの。

「ケンタロウ、とりあえずつないでくれ。まだ全然走りたりないだろ?」

洋介が指示した。

「う……まあ。何周ですか?」

「10周」

「冗談きついです」

「じゃあ、3周。5キロちょい」

「それなら、まあ」

やっと話がまとまった。健太郎は「地球に迷いこんだ火星人みたい」と評される独特のウォーミングアップを始めた。本に書いてあったとおりにやっているらしいが、どうも関節の動きが妙だ。

「亜季ちゃーん、ここまで」

無駄なデッドヒートを演じていた序盤とは別人のようによれよれになって、ランナーはたすきをつなぎ終えた。

「あいたたた」

立ち止まって左ひざを押さえる。

「ひざ?」

「足の甲と爪も痛い」

と、顔をしかめる。

「やっぱり長くなるとだめだなあ。根っからのスプリンターが春の天皇賞に出てきたみたいだ」

翔が競馬にたとえて言った。

とりあえずテントに運び、かやのが応急手当をすることになった。だが、様子を見たかぎりでは、どうも復活はむずかしそうだった。

「駄目そうだな、ありゃ」

洋介が腕組みをする。

「じゃあ、この際、ヒゲのおねえさんでいきますか」

麻友のほうをちらりと見て、マックスが言う。

「あたし、ヒゲなんかないよ」

麻友が顔をつるりとなでる。

「あ、そういう意味じゃなくて、代走のことを『ヒゲのおねえさん』って言うんだよ」

マックスが説明をした。

本当は固く禁じられているのだが、代走すなわち代理出走は市民マラソンでわりと普通に行われている。大会の当日までに故障を起こして走れなくなることはよくある。

「スタートラインに立つまでもマラソン」であるのは、エリートランナーも市民ランナーも変わりがない。

それに加えて、市民ランナーの場合は仕事や家庭の都合で出走できなくなってしまうことも多い。せっかくエントリーフィーを払ったのに無駄にするのは忍びない。そこで、心当たりのある者に声をかけてゼッケンを譲る。

かくして、「ヒゲのおねえさん」が誕生する。ゼッケンに記されているのはどこから見ても女名前なのに、走っているのはむくつけきヒゲ面の男だったりするわけだ。

「じゃあ、わたしが代走を？」

ひとわたり説明を聞いた麻友は、自分の胸を指さした。

「うん、頼むよ。お願い」

と、マックス。

「頼みます。このとおり」

「お願《ねげ》えしますだ」

洋介も翔も手を合わせた。

「えー、だって、わたし、個人の部で出てるんですよ」

「あ、それなら、チップを付け替えればいいの」

マックスが軽く言った。

「どうせ最下位確定だろ？　みんなと一緒のほうが楽しいよ」

「そんな勝手な」

「だって、メンバーなんだから」

「それに、違反が見つかったら失格になったりするんじゃゃ……」

「大丈夫、大丈夫」

マックスはすぐさま言った。

「強力な助っ人ならまずいけど、止まってるよりはましっていう助っ人なら、たとえ見つかっても文句は言われない」

みんな、うなずく。

たしかに、このまま個人の競技を続けても退屈なだけだ。夜どおし同じところをぐるぐる回るのか、と思っただけでめまいがする。それに、もっとくわしい話も聞いてみたい。

「じゃあ、ちょっとずつたすきをつなぐだけでいいですか？」

麻友はたずねた。

「もちろん」

「ノープロブレム」

「お好きな周回数でどうぞ」

メンバーは笑顔で答えた。

H

7時間経過
残り17時間（午後7時）

競技場のライトが明るくなった。もうすっかり夜だ。

総合公園にはまだ賑《にぎ》わいがあった。土曜の夜だから、夜桜見物の客が来る。そここでシートが広げられ、酒盛りが始まる。

終了したばかりの6時間の部のチームも、夜桜見物を兼ねて公園で慰労会を行うところが多かった。ビールで乾杯している罪作りな光景を横目に、24耐のランナーたちはなおもレースを続けた。

公園から姿を消したのは子供たちだ。動物園は午後5時で閉まる。家で夕餉《ゆうげ》を囲むために、お母さんに連れられて一人また一人と帰っていく。

「遅くなっちゃったね」

まだ若い母親が言った。

「さくら、きれい」

手を引かれた娘が答える。

「きれいね。四月になっても咲いてるから、今度は川へ行こうね」

「うん。どこの川?」

「金目川《かなめがわ》。少し歩くけど、桜のトンネルになってる。きれいだよ、とっても」

「わーい」

娘はつないだ手をうれしそうに振った。

しだいに遠ざかっていくそのうしろ姿を、シマウマが見ていた。

星井新は歩いていた。6時間までは走る。それからはウォーキングに切り替え、体力の温存を図る。夜中になって涼しくなればまた走るつもりだが、そのあたりは成り行きに任せていた。

母と娘は家へ帰っていく。切り絵のような姿が闇に紛《まぎ》れても、そこだけがまだほのかな明るさに包まれているかのようだった。

このコースに歩道橋があれば、と星井は思う。沿道ばかりではない。上からも声援が降ってくる。

でも、すぐ思い直した。自分に声援が飛ぶことはない。それはシマウマに送られたものだ。星井新にではない。

ゆるやかな坂を上りきると、シマウマはやにわに走りだした。夜はウォーキングに切り替えるつもりだったのに、急にいたたまれなくなったのだ。

シマウマは走る。

夜になっても走り続ける。胸に思いを抱いて、同じコースを走り続ける。

*

「おねえさん、一杯どう？」

早くもできあがった花見の客から声がかかった。

「ちょっとレース中なので」

麻友は手を振って断った。

「まあまあ、遠慮しないで」

「ジュースもあるよ」

「美人からお金は取らないから」

しつこく誘う。

「お酒が入ってたりするんでしょ」

「そんなことしないよ。おねえさん、10時くらいまで走るの？」

「明日の12時。午前0時じゃなくて、正午まで。24耐だから」

麻友は赤いゼッケンを誇示した。

「一人で走るの？　24時間も？」

「もちろん」

「へえ、見かけによらないねえ」

「がんばって。これ、あげるよ」

麻友は郷里のパパくらいのおじさんから差し入れをもらった。また飴玉だった。つい見栄を張ってしまったが、ゼッケンはチーム用に変わっていた。リタイアした選手とゼッケンとチップなどを入れ替えた。なんだか本当に別人になったような気がした。

かやのにマッサージしてもらったおかげで、ひざの違和感はびっくりするほど消えた。入念にテーピングもしてもらった。ものすごく遅くていいのならという条件は、メンバーの全員がすぐ呑んでくれた。そんなわけで、麻友は個人の部からチームの部に勝手にスライドし、肩からオレンジのたすきをかけて走っていた。汗と涙が染みこんだ、ジョギング愛好会の伝統のたすきらしい。

花見の客がいるところはいいけれども、そのほかの部分はめっきり寂しくなった。コースは総合公園の端のほうも通る。高校のグラウンドが隣接していて、日が落ちるまでは部活の声が響いていた。

いまはもう聞こえない。すっかり人影が絶えた。

手の形をした青いオブジェが前方に見えてきた。ライトアップされているせいか、なんだかひどく意味ありげに見える。

ことに、麻友の目には、その手のようなものが警告を発しているように見えた。


引き返せ、引き返せ。

立ち去れ、ここを立ち去れ。

夜が更けていくぞ。

出るぞ、出るぞ。


歩いているようにも走っているようにも見える、極端に遅いジョギングを続けながら、麻友は改めて思った。

盲点だったよなあ。

24時間ってところで気づきそうなもんだけど……。

麻友は自分のうかつさにあきれた。

24時間は夜を含む。深夜も含む。場所は公園だ。

そして、麻友は夜に怪しいものを見る体質だったのだ。

*

いままでに見た話を披露すれば、優に一人で百物語ができる。

昼間は見ないことだけが救いだが、夜はいけない。繁華街でも平然と見えてしまう。

渋谷の道玄坂を歩いているとき、サラリーマン風の男とすれ違った。いやに派手なネクタイだなと思ったら、そうじゃなかった。男は首を切られていて、傷口がパックリと開いていたのだ。

駅のホームも怖い。よほどの用事がなければ、夜間は絶対に利用しない駅がいくつかある。

だれにも言ったことはないが、麻友はある駅で見た。大きな虫のようなものがのたのたと動いている。線路からホームへ這《は》い上がってくる。よく見ると、それは手首だった。切断された血まみれの手首がのたうちまわっていたのだ。

店だって安心できない。まさかカラオケのパーティールームに出るとは思わなかった。テーブルの真上の天井から女が首を吊っていたのだから、これはもう歌どころじゃない。少なくともノリのいい曲なんて歌えない。その日の麻友は、暗い歌を少し歌って早めに帰った。


公園は出るかなあ。

まさかお墓はないだろうけど、出ても不思議じゃないよね。


麻友は恐る恐る周囲を見ながら走った。

総合公園はかなり広い。選手たちは白線に沿ってジョギングコースを走っているだけだが、脇道に入ればさまざまな場所に通じる。

ちょうど案内板のところに来た。麻友は立ち止まり、公園の構造をもう一度確かめてみた。

目玉になっているのは競技場と野球場だが、ほかにも施設は多い。温水プールが隣接している体育館、動物園、さまざまな遊具が備わった広場、テニスコート、研修施設、レストラン、管理事務所、そしてもちろん駐車場もある。

そういったものが公園の中の「町」だとすれば、「山」もあった。野点《のだて》が行われる自然に囲まれた日本庭園と茶室は、いまは闇に沈んでいる。「木もれ日の小道」や「さえずりの道」など、昼間でも陰の多い場所には街灯もあまり設置されていない。がらんとした原っぱや野鳥の森もある。公園の闇は意外に深かった。樹木が生い茂っている部分は、ちょっとした森だ。

麻友はその森のほうへ目をやった。

ある場所というものは、いま降ってわいたように生まれたのではない。その場所には例外なく歴史がある。スライスされた時間が幾重にもかさなって堆積している。その薄い皮のような時間を剝《は》がしていくと、思いがけないものや恐ろしいものが不意に立ち現れるかもしれない。


前にだれかあそこで首を吊ってるかも。

そこで何が起きたか、だれにもわかりはしないんだから。

軽く首を振ると、麻友はまた競技場に向かって歩きだした。

いままでは白線に従っていたからあまり意識しなかったが、公園の闇の中へ消えていくルートはいろいろあった。

なかには舗装されていない道もある。街灯が照らし出している区域は、ほんの一部だ。

こういうところに、さりげなく無縁仏が埋葬されたりしてるんだよね。

表向きは平和を祈念するモニュメントなんだけど、よく説明を読んだらお墓だったりするの。

だんだん疑心暗鬼になってきた。

動物園の入口は閉まっていた。死んだ動物はどこに埋められるのだろう。ひょっとしたら、この公園のどこかにお墓があるかもしれない。

そう思うと、いまいる公園全体が大きな塚のように感じられてきた。

出るね、これは。

出ないほうがおかしいって。

公園にはこれまで、たくさんの人が足を運んできたの。そういう人たちの思いが、このあたりにふわふわっと……。

麻友の予感は正しかった。

しばらく歩いていると、追い越していったランナーたちの会話が聞こえた。

「この公園、夜は出るんだってね」

「ああ、そういう噂は聞いたことがあるよ」

「前にもこの大会で、夜なかに妙なことが起きたんだそうだ」

「おどかすなよ」


やっぱりね。

麻友は思った。

ただでさえ見る体質なのに、今夜は……。


「うわっ！」

麻友は声をあげた。

やにわにうしろから肩をたたかれたからだ。

「ごめんごめん。そんなにびっくりすると思わなくて」

そこに立っていたのは、ふくらはぎさんだった。

「ああ、驚いた。あたし、夜は苦手なんです」

麻友は胸に手をやった。

「そうなんだ。ごめんね。ところで、ゼッケンが変わってるけど」

ふくらはぎさんが指さす。

「あ、これは見逃してください。同じ大学のチームにリタイアした人が出ちゃって、急に助っ人を頼まれたんです。ルール違反なのはわかってるけど、べつにあたしが入っても速くなるわけじゃないし」

麻友はあわてて弁解した。

「それはいいけど、自分は？　月岡さん、24時間の個人の部の選手でしょ？」

「あ、いいんです。もうドベ確定だから。チームのほうが楽しいし」

「そうなんだ……でも、係員さんに気づかれなかった？」

「いまのところ大丈夫です。Tシャツを着替えたし、リボンは前のランナーと交換して変装したし」

麻友は髪に手をやった。同じ赤系統のリボンだからあまり大きな違いはないが、予備のシャツは地味めの青だ。たぶんこれで大丈夫だろう。もし何か言われたら笑ってごまかしてしまおう。

「なんだかうらやましいわ。ムテッポーでいきあたりばったりで」

「ありがとうございます」

ふくらはぎさんは微妙な言い回しをしたが、麻友は素直に礼を言った。

「じゃあ、がんばってね」

「はーい」

ふくらはぎさんはレースモードに戻り、元気よく腕を振って走っていった。

それから数分後、麻友はようやく競技場に戻った。

6時間の部の選手たちは引き上げてしまった。DJもいない。競技場はずいぶん寂しくなっていた。

それでも声援は飛んだ。個人の部のときとは違って、チームのメンバーから声がかかった。

もっとも、最初はだれのことかわからなかった。マックスが手でメガホンを作り、大きな声を張り上げたから、やっと気づいた。

「もう1周はないよね」

「ない、ない。あと10周きみが走ったら、間違いなく最下位だ」

ほっとすべきか、むっとするところか、迷っているうちに最後の直線になった。

「はい、ラストだけでもカッコよく」

「たすきを外してラストスパート」

次に待っていたのは、かやのだった。手を挙げたその姿が麻友の視野に入った。

「はいよ」

麻友はラストスパートをかけようとした。まずたすきを外してからスパートすればいいのに、二つの動作を同時に行おうとした。

これは少し無理があった。足がもつれてバランスを崩した麻友は、トラックの真ん中で派手に転倒した。

I

8時間経過
残り16時間（午後8時）

「ビデオに撮っとけばよかったなあ」

マックスがそう言って、思い出し笑いをした。

「見たかったわ、そのシーン」

と、美瑠璃。

「ほんとにコントみたいにコケたんだから」

「ちょっと足がもつれただけだって」

麻友が言い返す。

「ま、とにかく、助っ人も入ったから、たすきは最後までつなげられそうだね」

洋介がキャプテンの顔で言った。

「ごめんなさーい」

「もういいって」

「代わりにがんばって走るから」

「またコケそうだな」

そんな調子で、メンバーはテントの中で休んでいた。

健太郎は買い出しに行っている。総合公園は県道に隣接しており、競技場から裏門を出れば、すぐそこにコンビニがあった。

パスタやおにぎりなど、主催者側が用意したフードもあるが、種類には限りがある。それに、ずっと公園の中にいて景色が変わらないと退屈だ。近隣のコンビニはゼッケンをつけた客で妙な活況を呈していた。

「あ、お疲れさまです」

「お帰りなさい」

テントに入ってきたランナーに、メンバーたちが声をかけた。

「どうもです。さすがに疲れますね。まだ三分の一だけど」

朗らかな表情で言ったのは羽石信士《しんじ》、テントを共有している家族チームのキャプテンだ。

「あ、そうだ。羽石さんのご両親がみんなによろしくって」

テントで休んでいた美瑠璃が言った。

「帰ったんですか?」

「ひどい話ですよ。親だけ電車で帰って家でぐっすり寝るって言うんです。テントなんかで寝られるかって」

羽石はそう言ってぼやいたが、顔は笑っていた。

「じゃあ、夜中は息子のおまえが一人で走れと」

「そのとおりです。また始発で来るそうです。そのあいだはおまえがつないどけ、と軽く言われてしまいました」

「でも、トライアスリートの体力をもってすれば、ひと晩だって大丈夫でしょう」

マックスが力こぶを作ってみせた。

「とんでもない。トライアスロンのランは長くてもフル、オリンピックなどでは10キロですから。こんなに長い距離を走ることはまずないです」

「ハーフの大会に出て調整することが多いですからね、トライアスリートの人は。湘南ハーフマラソンじゃ招待選手だし」

「まあそのあたりは人さまざまで、なかにはウルトラマラソンやトレイルランニングまでやってる鉄人もいますけどね」

しばらくトライアスロンの話題が続いた。麻友は拝聴しながら、ときおりジャンボどら焼きの箱のほうへ目をやっていた。そちらに気になるものが置かれていたからだ。

「いくらでもあげるよ、どら焼き」

その視線に気づいて、マックスがわざと冗談めかして言った。

「さっき一つもらったから」

麻友が声をひそめて答える。

「スイムが流れのない人工のコースなら楽なんですがねえ」

羽石が少し顔をしかめた。

「テレビのニュースで選手が担架で運ばれてるシーンを見たことがあるんですけど、溺れかけたりすることもあるんですか?」

翔がたずねた。

「海流がタフな場合はありますね。たまに事故が起きてしまうのも、マラソンと同じです。実は昨年、仲間が遠泳の練習中に亡くなりまして」

トライアスリートの顔が曇った。

「そうですか。それは……」

洋介が言葉を呑みこむ。

「ちょっと自分の力を過信してしまったのかもしれません。低気圧の加減でしだいに波が高くなってきた日でしたから、自重すべきだったんです」

「そのあたりの判断を誤ったと」

「ええ」

話がにわかに湿っぽくなってきた。

「面倒見のいい人だったので、とにかくショックでね。次の大会は、みんなで喪章をつけて出ました。でも、どうせならもっとにぎやかな感じにしたかったですね」

この雰囲気はいけないと思ったのか、羽石は笑みを浮かべてテントの中をぼんやりと手で示した。麻友もつられて表情をゆるめ、またどら焼きの箱のほうを見た。

「すると、うちの名前を呼ぶ声をお聞きになったんですか？」

「ええ。粋なことをしますね。……おっと、あんまり油を売ってるとあとで文句を言われてしまいます」

羽石は時計を見て立ち上がった。

「大変ですね、ポイントゲッターが一人だけだと」

「ま、これも親孝行の一環です。変な親孝行だけど」

「じゃあ、がんばってください」

「はい。またコースで」

トライアスリートと入れ替わりに、健太郎が戻ってきた。両手にコンビニの袋を提げている。

「食料は適当に買ってきました」

マネージャー兼選手が袋から取り出したものを見て、麻友は思わずマックスと顔を見合わせた。

「なあ、ケンタロウ、もうちょっと気を利かせてもいいんじゃないか?」

マックスがあきれたように言う。

「あ、でも、安かったんで」

「選択としては間違ってないがなあ。エネルギーの補給になるし」

と、洋介。

「ほんとに、あれさえなければ」

美瑠璃が指さしたのは、どら焼きの箱だった。

すでにマックスが食べ切れないほどのジャンボどら焼きを持ちこんでいるのに、健太郎はまたどら焼きをいくつも買ってきたのだ。テントの中はどら焼きだらけだ。

「でも、これはバター風味なんです。人数分ありますから」

「バターは別腹ってか？」

新たに加わったどら焼きをあらためながら、翔が言う。

「あ、もう必要ないから」

美瑠璃が手を振った。

「あたしも目一杯走ってるわけじゃないし」

麻友も固辞する。

「じゃあ、カヤノが戻ってきたら『ご苦労さまでした！』とこれを差し出そう」

洋介が提案した。

「さすがにそんなに食べないだろうから、とりあえず一個」

翔が小ぶりのどら焼きを一つ手に取り、前から置いてあったどら焼きの箱の近くに移動させた。

「おお、意外にうまいぞ」

マックスはもうほお張っていた。

「でしょう？　だから買ってきたんですから」

健太郎が胸を張ったから、テントに笑い声が響いた。
無理に作ったようなものだったが、笑いには違いなかった。

J

9時間経過
残り15時間（午後9時）

湘南市の総合公園は夜もライトアップされている。門はなく、普通に散策する分にはまったく支障がない。夜のデートを楽しむカップル、息子に空手を教えているお父さん、夜桜の撮影にきた素人カメラマン、バスケットボールのゴールに向かって一人で黙々と練習している青年、数こそ多くないが、さまざまな人々が公園を訪れる。

だが、照明に灯が入っているとはいえ、走るとなると事情が違う。コース上の暗い部分は、そのままでは危なくて走れない。

そこで、灯りが届かないところには大きな発電式の照明機が据えられた。それでも死角になるエリアは電球でカバーされた。人海戦術ならぬ電海戦術だ。樹木や垣根などに等間隔に電球が吊るされ、弱々しいけれどもランナーの視野を補う。それによって、よほど目が悪くなければちゃんと走れる明るさが確保された。

夕食後の休憩はだいたい終わったが、もちろん寝るにはまだ早い。最初から寝るつもりがない選手もいる。脚の状態や体力と相談しながら、ランナーはそれぞれの周回を重ねていた。

日中は暑いくらいだったが、さすがにまだ三月の末、夜になるとぐっと冷えこんできた。大半の参加者は着替えを用意してきている。それを見越して、主催者側も24時間個人の部のランナーには予備のゼッケンを配布していた。長袖に着替えている者も多い。なかにはずっと歩くつもりで、ヤッケやウインドブレーカーを着こんでいる参加者もいた。

永井真那夫は厚手のシャツに着替えた。シューズも替えた。前半はソールの厚いウルトラマラソン用のシューズで走り、足が重くなってきたら履き慣れた軽いものに変える作戦だった。

さらに、ひざにサポーターを装着した。ひざの痛みは真那夫の持病のようなもので、長く走るとしだいに痛んでくる。最初から装着すると血行が悪くなってしまうから、タイミングを図ってサポーターをはめる予定だった。

だが、少し遅かった。二度ばかりテントにピットインして、入念にひざをマッサージしたつもりなのだが、予想したより早く痛みが出てしまった。

24耐にもオーバーペースはある。超長丁場だからジョギングなみのペースで走っていたつもりなのだが、たすきをかけたチームのランナーや6時間の部の選手たちに次々に抜かれていく。競《せ》るつもりはなく、どんどん先を譲っていても、知らず知らずのうちに力みが出てしまったようだ。そのツケがじわじわと回ってきているらしい。

もちろん、いかに休憩を挟んでいるとはいえ、スタートから9時間も経過している。筋肉のあちこちが悲鳴をあげはじめるのは当然だった。

歩かないことが真那夫のポリシーだ。走るからこそマラソンなのであって、歩いたらそれはもうマラソンではない。これまではフルマラソンが最長だが、給水所では立ち止まっても、歩いたことは一度もなかった。

だが、さすがにウルトラマラソンは長い。ピッチを極端に落としているのに、いままで痛んだところがない筋肉が軋《きし》みはじめた。ポリシーには反するが、ずっと走り続けるのはとても無理そうな雲行きになってきた。

ランナーを抜き、ランナーに抜かれる。街灯が現れ、街灯を通り過ぎる。次の街灯の灯りが行く手にぼんやりと見える。

同じコースをぐるぐる回る。何度も何度も同じ景色が現れる。同じところを回っているのは、レースばかりではなかった。真那夫の思考もまた堂々巡りを繰り返していた。


なぜぼくは走っているのだろう？

何のために走っているのだろう？

そして、何のために生きているのだろう？

〈いま、ここ〉にぼくは存在しているのだろう？


記録のために走っているのではない。真那夫はどこにでもいるような市民ランナーだ。平均よりは速いが、どう間違っても入賞などはできない。

健康のためでもない。走り過ぎることによって、いままで体のあちこちを痛めてきた。ことによると、よりソフトなウォーキングに切り替えたほうが健康でいられるかもしれない。

自分の限界を試すため？　あるいは、自己実現のため？

そんな口当たりのいい言葉ではすくい取れない「何か」があるからこそ、いまもこうして走っている。夜になっても走り続けている。

ひざの違和感が強くなった。これまでだましだまし走ってきたが、もう限界だった。ひざばかりではない。ハムストリングス（太腿の裏側の筋肉）も足の甲もふくらはぎも痛んでいた。止まれ、止まれと筋肉が脳に命じる。

ここまで走れば十分だ、と真那夫は思った。最初から最後まで24時間を走り通すランナーはまれにしかいない。いかに効率よく歩きを交えるかも、超長丁場のレースのポイントになる。たとえば、下りと平坦な部分だけ走って上りを歩き、体力の温存を図る。それは知識として真那夫もよくわかっていた。

行く手のランナーがふっと途切れた。ちょうど夜桜がライトアップされている箇所だが、入口からは遠いため、見物客はいない。ベンチも無人だ。

止まってしまおう、と思った。すでにフルマラソンの距離の倍近くを走っている。9時間も走れば十分だ。

そして、真那夫は止まった。街灯に照らされた桜が妙に白く見えた。

初めて止まり、腰に手をやって歩きだした真那夫のかたわらを、リレーのランナーたちが駆け抜けていく。自分のパートだけ全速力で走るから、あっと言う間に遠ざかる。

真那夫はベンチに向かった。腰を下ろし、しばらくストレッチをしてからシューズの紐をゆるめる。筋肉の痛みは少し和らいだが、虚脱感はぬぐえなかった。一度止まったらもう走れないタイプのランナーもいる。自分もそうかもしれない、と真那夫は思った。

ともかくベンチに座り、走り去っていくランナーたちを眺めながら休むことにした。桜の花びらが降りかかる。風に吹かれて流れてくる。その〈白さ〉をぼんやりと眺めているとき、真那夫はふと思い当たった。

油絵を描くとき、キャンバスに下塗りをする。まず一面に白を塗る。走ることは、その白で塗りつぶしていく行為に似ていた。

あるいは、一度描かれた絵の上から白い絵の具を塗っていくこと。すべてを覆い隠して、リセットしてしまうこと。

またあのイメージが浮かんだ。


あらゆる空白を凝縮したかのような、白い球体。

世界をかく在らしめている謎……。


その謎には、ついに手が届かないのかもしれない。いくら走っても、うしろのゼッケンすら見えないのかもしれない。

いや、いまはもう走るのをやめてしまった。リタイアした選手のようにベンチに座り、通り過ぎていくランナーを呆然と眺めている。

桜の花びらが流れてくる。街灯に照らされて白く変じたように見えた花も、指先でつまんでみれば、やはりほんのりと紅い。

真那夫はしばらく散る桜を眺めた。いちばん好きだったはずの花も、いっこうに心に触れてこなかった。

理由はわかる。痛いほどわかる。走っていないからだ。走ることをやめてしまったせいだ。

いま、ベンチに座ってシューズの紐をゆるめ、ひざを手でさすりながら眺める桜は遠かった。こうして花びらに指で触れることもできるのに、ひどく遠く感じられた。


道がある。

ぼくが走っていく道がある。

そこだけが世界になる。細いひとすじの空白になる。


走っているときはかろうじて見えていたわずかな空白——それはいま閉ざされてしまった。いや、自ら閉ざした。止まってしまった。

同じ色のゼッケンをつけたランナーが走り去っていく。座っていると手足が冷えてくるが、まだランニング姿で疾走しているランナーがいる。おそらく七十歳を超えているると思われるが、きわめて遅いけれども着実な足取りで周回を重ねている人もいる。次々に真那夫の前を通り過ぎていく。

べつに順位にはこだわっていない。いくら抜かれてもいい。ただ、こうしてコースの途中でベンチに座っている自分自身には承服できなかった。

もちろん、ずっと走り続けるつもりはなかった。何度かコースを外れてテントに戻り、短い休憩をとる予定でいた。疲れがあまり激しいようなら、仮眠をとってもいい。給水所では立ち止まり、何度もストレッチをした。そこはコース上の休憩ポイントだ。走って通り過ぎる必要はない。

しかし、真那夫がいま休んでいるベンチはコースの途中にあった。正規の休憩所ではない。いまの真那夫はランナーではなかった。ただの見物客だ。

それが無力感を生む。桜の木が遠くなる。

しばらく眺めていると、同じランナーが通っていった。もう1周進んだのだ。

その姿を見たとき、真那夫は思った。せめて、歩こう、と思った。

ベンチから立ち上がり、もう一度ひざのストレッチをする。わずかに、グキッ、と嫌《いや》な音が響いた。

ゆっくりと歩き、コースに戻る。歩く分には支障がなかった。

しばらく歩き、調子を整えればいい。ランニングはウォーキングの延長線上にある。歩いているうちにリズムが戻れば、飛行機が離陸するようにまた走ることができるだろう。そうすれば、ランナーに戻れる。

真那夫は前方を見た。遠ざかっていく前のランナーのたすきが見える。ゼッケンの数字が闇にまぎれていく。

桜の花びらが流れるベンチは、また無人になった。

もうここには戻るまい。何度も通り過ぎるだけで、ベンチには座るまい。

そう心に誓いながら、真那夫は歩いて前を追った。

＊

24耐のゼッケンをつけた若いランナーがコースに戻った。シマウマのかぶりものをした星井新はスピードをゆるめ、ベンチのほうへコースアウトした。

もうこの時間になると観客はいない。部活か定時制の授業か、高校の校舎のほうからしばらく音楽が流れていたが、いまは静かになった。

軽い仮装ならともかく、重いかぶりものをして走っているのは、シマウマに扮《ふん》した星井だけだった。観客がいるときは仮装だが、無人の夜間は軽装で走って周回数をかせぎ、朝になるとまた仮装に戻るランナーもいる。しかし、星井だけは夜になってもシマウマのままだった。

ベンチに座り、桜の花びらを眺める。

まるで時間のようだ、と星井は思った。ひとたび枝を離れた花びらは、もう二度と同じ枝に戻ることはできない。風に吹かれて流れ、地面に降りしきり、闇にまぎれていく。

走っていれば、多少なりとも忘れることができる。面影は思い出したように甦《よみがえ》ってくるけれども、じっとしているときより痛みは和らぐ。

この公園には、家族で何度も訪れた。娘の麻梨の手を引いて、動物園に来た。麻梨のお気に入りは、アライグマのルルちゃんだった。


ルルちゃん、ルルちゃん……


まだ声が聞こえる。

アライグマに呼びかける娘の声が聞こえる。

ポニーにも乗った。焼きそばやアイスクリームを食べた。どんなジュースを飲んだかまで、唐突に記憶が甦ってくる。

このレースにも何度か応援に来てくれた。そのときは24時間の部ではなく、6時間の部に出場していた。終わったあと、ファミリーレストランや回転寿司で食事をして帰った。

妻と娘は、同じところから声援を送ってくれた。


パパ、がんばれ！


娘がまだしゃべれないとき、妻の果梨は麻梨をだっこしていた。いまでも目に浮かぶ。そこにたたずんでいるような気がする。

そして、娘はしゃべれるようになった。最初は「ママ」としか言えなかった。パパを見ても、猫を見ても「ママ」と言った。

あいまいな発音だが、初めて「パパ」と呼ばれたときのことを、星井は鮮明に憶えている。「パパだよ」と笑顔で答えたのを憶えている。


いまは、遠い。

すべてがひどく遠く感じられる。

ランナーが現れては去る。シマウマが休んでいるのは滑稽《こっけい》に見えるのだろう、なかにはベンチのほうへ手を挙げて走っていくランナーもいる。

しかし、星井は会釈を返さなかった。そんな気分ではなかった。

いくら待っても、麻梨と果梨は現れない。いずれは一緒に走ろうと娘に言った。気が早いと言われながらも、子供用のランニングシューズを買った。

いままでは個人走だったが、麻梨が大きくなったら、そして、この大会がずっと続いていたら、チーム走で参加しようと話をしていた。チーム名は「星井一家」だ。果梨はあまり乗り気ではなかったけれども、少しだけゆっくり走るくらいなら、と言ってくれた。

桜の花びらが降りかかる。まぼろしのように降ってくる。

いまは一人で走っている。来年も、再来年も、その次も、その次も、一人で走るだろう。たった一人で走るだろう。

チーム「星井一家」が出場することはない。たすきはだれの手にも渡らない。

パパ、がんばれ！

声援はもう響かない。

同じところをいくらぐるぐる回っても、「パパ」という声は響かない。影も現れない。娘と手をつないだ妻の影が現れることはない。

当然だ。

果梨と麻梨は、死んでしまったのだから。

K

10時間経過
残り14時間（午後10時）

事故が起きたのは、いまから一年半前だった。

果梨の運転に落ち度はなかった。トラックの運転手がスピードを出し過ぎ、カーブを曲がりきれなかった。そんなよくある事故に巻きこまれ、妻と娘は命を落とした。

星井は一瞬で家族を失った。

娘の具合が悪いから、病院へ連れていくところだった。果梨はインターネットで検索し、評判のいい遠くの病院を選んだ。それがあだになった。

その日、妻から携帯電話に送られてきたメールに星井は返信した。「気をつけて」と書いた。それが最後になってしまった。

メールはすべて保存してある。あれから何度も読み返した。

食パン買うの忘れちゃった。

ごめん、帰りに買ってきて。

そんな単純な文面でも、当初は読み返すと涙があふれた。このメールを受け取ったとき、妻も娘も間違いなく生きていたのだから。

星井の周りで、渦《うず》のようなものがあわただしく流れていった。ただそれに流されていただけだった。いま振り返れば、記憶はところどころ欠落していた。

葬儀の喪主をつとめ、列席者にあいさつした。

記憶の中で……

そう言ったきり、星井は言葉に詰まった。

「生きています」と言おうとしたが、言えなかった。胸が詰まって、どうしても言葉にならなかった。

妻と娘と一緒に食べていた食事を、星井は一人で食べるようになった。砂を噛《か》むような味がした。たまに味がわかり、おいしく感じられると、逆に罪悪感が生まれた。果梨も麻梨も、もう何も食べることができないのだから。

仕事は辞めた。休職扱いにするからしばらく休めと上司は言ってくれたが、固辞して退職した。

仕事それ自体に未練はなかった。星井は妻と娘のために働いていた。毎日、長い時間をかけて東京の会社まで往復していた。麻梨が成人して、結婚するまでは元気で仕事をしようと思っていた。

そのつっかい棒が外れてしまった。働く目的が失せた。

いざ職を辞すと、時間はむやみに長かった。家には思い出が詰まっている。詰まりすぎているくらいだ。

階段だけでも、思い出はたくさんあった。

ハイハイを始めたとき、麻梨が危うく落ちそうになったこと。

事故防止のために、ゲートを買って取り付けたこと。

やっと立って歩けるようになった娘の手を引いて、よいしょ、よいしょと声をかけながら階段を上る練習をしたこと。

あれやこれやと思い出しているうち、すぐそこで「パパ」と明るい声が響きそうで、どうにもいたたまれない気分になった。

階段だけではない。廊下にも、風呂場にも、キッチンにも、玄関にも、いたるところに思い出があった。娘と過ごしたのはたった四年だったが、思い出されてくることはたくさんあった。無数にあった。

家ばかりではない。町も思い出だらけだった。麻梨が生まれる前、果梨と手をつないで歩いた。この店にも、この店にも入った。記憶の糸をたぐれば、何を食べたかまで甦ってきた。

しかし、逝ってしまった者までは甦らない。こんなに懐かしいのに、手をふと伸ばせばそこに面影が立ち現れそうなのに、死んだ妻はここに現れてくれない。

麻梨が生まれた産院の前を通った。当時はよく見かけた猫はもういなかった。あのときは保育器に入っていた麻梨、あんなにも小さくて心もとなかった麻梨は、順調に育って大きくなった。

ハイハイをし、立てるようになって、とうとう歩いた。そして、短い言葉を発した。娘は「パパ」と言ってくれた。

言葉の数は少しずつ増えていった。

「パパ、がんばれ！」

マラソンの沿道で、麻梨は声援を送ってくれた。その声は、星井の耳にはっきりと届いた。

「がんばるよー！」

シマウマのかぶりものの中から、星井は精一杯の声で答えた。

娘と一緒に走るのが夢だった。まだペンギンみたいでときどき倒れてしまうけれども、もう少し大きくなって走り方がしっかりすれば、地元の月例マラソンに出るつもりだった。いつもハーフか10キロの部に出場しているが、1キロのファミリーの部がある。麻梨と手をつないで、海沿いのコースをゆっくり楽しみながら走ろうと思っていた。

あれから、星井は一度も月例マラソンに参加していない。子供の姿を見るのがつらいからだ。背中からはみ出しそうなゼッケンをつけて、おぼつかない足取りで走る子供たちを、かつてはほほえましく見ていた。麻梨が早くあれくらいにならないかなと思いながら眺めていた。

だが、その機会は訪れない。永遠に訪れない。娘とともにファミリーの部に参加することはない。

何度か旅行に出た。思い出のある場所を巡ろうかと思ったが、悲しみが募るだけだ。星井はいままで行ったことのない土地へ赴《おもむ》き、神社仏閣を巡って妻と娘のために祈った。

写真は肌身離さず持っていた。一緒に旅行に来たという感覚だった。観光地を訪れた星井は、よく独り言を言った。

きれいだね。

いい眺めだね。

ほら、あそこにお船が見える。

ここにはいない妻と娘に話しかけるように、一人でつぶやいた。

ときどきふっと我に返った。ここには自分しかいないことに気づいた。生きていれば、いろんなところへ一緒に行けたはずの果梨と麻梨は、そばにいない。

そう気づくと、急に風景が色あせた。心なしか遠くなったように感じられた。すべてがスーッと遠くなった。

そろそろ電車が来るね。

おうちへ帰ろうね。


返事はない。

かえって孤独感を募らせ、星井は帰路に就《つ》いた。だれも待っていない家に戻り、小さな声で「ただいま」と言ってドアを開けた。

このままじゃ気分が変わらないから、思い切って引っ越したらどうか――親しい者から、そんな助言を受けた。

だが、立ち去りかねた。荷物をまとめ、妻と娘とともに過ごしたこの町を一人で去る気にはなれなかった。

引っ越す代わりに、星井はランニングを再開した。なぜ、また走りはじめたのか。理由はわからない。わかるような気もするが、わからない。

ともかく、星井はランナーに戻った。初めのうちはブランクがこたえた。なかなか調子が上がらなかったが、半月も経つと以前と同じ練習ができるようになった。

マラソンのとき、妻と娘が応援してくれた歩道橋は一度だけくぐった。近づいてきただけで胸にこみあげるものがあった。歩道橋にたたずんでいる影が見えるような気がした。

思い出のある場所はあえて避け、星井は走った。遠方まで走り、遅く帰った。

星井は追いこんだ練習をした。速く走るためではない。ある意味では、自分を責めるための練習だった。

事故が起きた日、自分が同乗していても結果は変わらなかったかもしれない。それでも、星井は自分を責めた。そこにいられなかったことが悔《くや》しかった。

果梨と麻梨は死んだのに、自分は無事だった。

おめおめと一人だけ生き残ってしまった……。

それがいたたまれなかった。

だから、星井は走った。たとえ脚に不安があっても、ペース走では自己ベストを目指した。ビルドアップ走（徐々にスピードを上げて走る練習）では、自分の力を超えたラップの設定をした。

息を切らし、あえぎながら星井は走った。走ることが贖罪《しょくざい》だった。ゴールしたあと、しばらく動けなくなることもしばしばあった。胸に刺すような痛みも覚えた。

それでも、星井は走った。手が届かないものをつかもうとするかのように、懸命に走り続けた。

何度か危ない目にも遭《あ》った。いつのまにか信号が赤に変わっていたり、脇道から出てきた車に気づかなかったり、轢《ひ》かれてもおかしくない場面が何度もあった。

たぶん、轢かれてもいいという気持ちが星井のどこかにあったのだろう。死後の世界は知らない。知るはずがない。でも、ひょっとしたら、果梨と麻梨に会えるかもしれない。そんな気持ちがあったからに違いない。

しかし、間一髪で助かった。すんでのところで体が反応した。まるでだれかが手で押しのけてくれたかのようだった。

走っていると、沿道を歩く親子の姿がいやに目についた。娘を連れた奥さんはこれほどまでに多かったのか——そういぶかしく思うほど、頻繁に星井の視野に入った。

遠目には、果梨と麻梨に見えた。何度も、そう見えた。

いまにも振り向いて、「パパ」と声をかけてくれる。笑顔を見せてくれる。


買い物か？

そう。遅くなるの？

いや、家までまっすぐ走って帰る。

カギ、持ってたっけ？

ああ、持ってる。

じゃあ、がんばってね。

パパ、がんばって……。


そんな会話を交わしてから、星井は走り去っていく。

何の変哲もない、日常の会話。ささやかな生活の欠片《かけら》。

それはもう遠いところにあった。手を伸ばしても届かなかった。

母と娘――果梨と麻梨ではない二つの影のかたわらを通り過ぎると、星井は決まってスピードを上げた。何かを断ち切るように腕を振り、前へ走った。

星井は大会にも出るようになった。必ずシマウマの仮装で走った。シマウマに扮していれば、素顔は見えない。沿道に手を振りながら涙を流していても、だれにも悟られることがない。

地元で行われるマラソン大会には、毎年妻と娘が応援に来てくれた。最初は果梨の抱っこ紐に乗っていた麻梨は大きくなった。自分の足で立ち、歩けるようになった。よく見えるように、果梨が抱っこして娘の体を支えていた。遠くからでもわかった。麻梨がどこにいるのかわかった。

「パパ！」

仮装だったり、ランニング姿だったり、年によっていで立ちは違った。楽しく走るときはシマウマ、自己記録を狙うときは軽装にした。

どちらであっても、娘の声を聞くと脚が軽くなった。疲れが去り、元気がみなぎってきた。

あの声が聞こえない。

姿が見えない。


歩道橋の上から手を振っているのは他人だ。

だれかの妻が手を振る。

だれかの娘が手を振る。

声援が飛び交うなか、仮装に身を包んだ星井も手を振った。もうここにはいない妻と娘に向かって、懸命に手を振った。

*

「シマウマ、がんばれ！」

またランナーから声が飛んだ。

星井は我に返り、ゆっくりと手を挙げた。

仮装だと日中はかなり暑かったが、夜はめっきり気温が下がった。夜のベンチに一人で座っていると、しだいに体が冷えてきた。

ここは寒い。

寒すぎる……。

星井はゆっくりと立ち上がり、コースに戻った。すぐ走る気にはなれなかった。動物園のほうへ、散歩をするようなスピードで歩く。

この道を、歩いた。

麻梨と手をつないで歩いた。

この公園には思い出が詰まっていた。動物園だけでもたくさんある。ここを訪れるたびに、麻梨はアライグマを見た。まだしゃべれないころから、アライグマのルルちゃんがお気に入りだった。檻のほうへ手を伸ばし、うきゃうきゃ言って喜んでいた。

しゃべれるようになっても「ルルちゃん」と発音できるようになるまでにはかなり時間がかかった。初めは「ウーちゃん」で、「ルーちゃん」に変わった。

そして、やっと「ルルちゃん」になり、いなくなった。たった一人の娘はいなくなった。妻とともに消えてしまった。さよならも言わずに、いなくなってしまった。

夜の動物園から、鳥の鳴き声が聞こえてくる。開園と閉園の時間を設定するのは人間の勝手だ。夜も起きている動物たちは檻の中で鳴く。故郷を遠く離れて鳴いている。

その物悲しい鳴き声が心にしみた。

麻梨、寂しくないか。

冥《くら》い国は心細くないか。

ママの手を離すんじゃないぞ……。

短い下りになった。

ここで麻梨が転びそうになったことを思い出した。

リレーのランナーが集団で疾走していく。星井はコースの脇のほうへ寄り、暗い沿道のほうへ手を差し出した。

そして、声に出して言った。

「麻梨、そこは危ないよ」

答えはない。

風に乗って、花びらが流れてきただけだった。

星井はさらに言った。

「パパが手をつないであげよう」

L

11時間経過
残り13時間（午後11時）

「途中経過を発表します」

マネージャーの健太郎がもったいをつけてから言った。

「聞かなくてもわかるけど」

「いやいや、まだ下にいるかもしれないよ」

「ええ、います。わがチームが最下位ではありません」

健太郎は胸を張った。

「最下位から二番目とか、三番目とか。わたし、とろとろ歩いてて、いっぱい抜かれたから」

と、麻友。

「ピンポーン！　正解です。なんと、下にまだ二チームいます」

「おお、すごい」

「ベスト3に入ったのか」

「それは快挙だなあ」

苦笑交じりの声が飛ぶ。

「ちなみに、わが大学のランニング同好会のほうは本当のベスト3争いをしています」

「さすがだわ」

「じゃあ、うちががんばる必要はさらさらないわけだ」

「でも、さすがに最下位に落ちたら外聞が悪いと言うか、何と言うか……」

「あ、その点は大丈夫です」

健太郎が自信ありげに言った。

「ひそかに下の二チームの様子をうかがってきました」

「おう、さすがはマネージャーのスペシャリスト」

「ちょっとした情報戦だね」

今度は感心した声が飛ぶ。

「で、敵情視察によると？」

「酔っぱらってぐだぐだになってるとか」

麻友が言った。

「ピンポーン！」

健太郎が再び声をあげた。

24耐の実施要綱には「酒気を帯びてのランニングは危険ですので、絶対におやめください」

と明記されている。だが、これはあくまでも建前だ。チームリレーはキャンプ感覚で臨んでいる。夜は冷える。走り終えたランナーはアルコールを摂取し、しばらく横になってからまたスタートラインにつく。そんなチームはたくさんあった。

なかには、ランニングより酒盛りのほうが主になってしまうところもある。健太郎が視察してきたところによると、ブービーのチームのテントはビールの空き缶の山で、酔い醒《ざ》ましにたすきをかけて公園を散歩している状態。最下位のチームに至っては、ワインを飲み過ぎてほぼ全員がつぶれていた。

「それなら、これ以上落ちる心配はないわけだ」

「そのとおりです。少なくとも、現在のポジションはキープできます」

メンバー表を手にした健太郎が言った。

「あとはごぼう抜きか」

「だれが抜くの?」

「もう一人スカウトしてくれれば」

「ま、いいじゃないですか、ここまで健闘すれば」

マックスがさらっと言った。

たすきを翔に渡したばかりだが、極端ながに股のフォームがこたえたのか、単なる体重オーバーのせいか、太ももの内側をしきりに手で揉《も》んでいる。どうも後半の戦力にはなりそうになかった。

「そうだねえ。ショウもそろそろ壊れそうだし」

「きっともう歩いている」

「よそは痛み止めを飲みながら走ったりしてるけど……」

「それは体に悪いです」

健太郎は手にしたものを軽く振った。

「あ、メンバー表は七人だったんですね」

目ざとく見つけて、麻友が言った。

「そう」

「ま、ダグアウトにいない人のユニフォームを飾るようなものね」

「うちのユニフォーム、残念ながら名前は入ってないから」

洋介がことさら明るく背中を向けた。

たしかに、ゼッケン番号もアルファベットも記されていない。たぶん、予算の問題だろう。

「メンバー表では、月岡麻友選手は助っ人ということになってますんで」

マックスが指さした。

「ほんとだ。なんか、かっこいいかも」

メンバー表の末尾、七走の中戸川健太郎の横には、「月岡麻友（助っ人）」と手書きで記されていた。

メンバー表のそれぞれの名前の下には、几帳面に正の字が記されていた。いまのところ、キャプテンの洋介が貫禄を見せて最も多く周回を重ねている。

「麻友ちゃんも、うちのチームと一緒だね。順位は下から三番目」

と、マックス。

「そうかあ。これ以上落ちることはなさそうだし」

麻友は微妙な顔つきで言った。

「かと言って、ごぼう抜きもしそうにないし」

「無理」

麻友は即答した。

散歩がてら歩くのならともかく、もう競歩モードでもつらい。

「じゃあ、もっと上を目指すのは断念？」

かやのがたずねた。

「いや、まだ半分以上残ってるんだし、ここであきらめるのは早いだろう」

洋介はいやにまじめな顔つきで言った。

「と言っても、余力がないですからねえ」

「そもそもの実力も」

「才能も」

「目標も」

「いや、目標ならある」

洋介はきっぱりと言った。

「裏ベストテンから抜けるのが目標ですか？」

美瑠璃がたずねる。

「いや、それは厳しい。メンバーの現状を考えると、限りなく不可能に近い」

「じゃあ、どんな？」

「われわれの敵は、ほかのチームじゃない」

キャプテンの顔を作り、一瞬間を置いてから、洋介は身ぶりを交えて言った。

「個人走のランナーだ！」

メンバーはいっせいにすべるポーズをとった。

「まあ、個人の選手が相手なら、それなりにいいところまでいきそうだけど」

「それなりじゃだめだよ。目指すはトップ。チーム走の意地にかけて、個人走のトップのランナーに勝つ。これを目標にしよう」

洋介は力強く言った。

「うーん、どうでしょうかねえ、それは……」

マックスがすぐさま腕組みをする。

「例年の記録どおりだとすれば、個人で200キロをクリアすれば、ベスト3から優勝争いができる」

と、洋介。

「でも、個人のトップは下手したら250キロくらい走りますよ。わがチームには荷が重いと思います」

健太郎が冷静に分析する。

「そうか……じゃあ、表彰台の3位以内にしようか」

洋介はあっさりと目標を下方修正した。

「それでも、よっぽどがんばらないと無理そうね」

かやのが首をかしげる。

「最後のレースなんだから、それくらいの記録は残したいよ」

洋介は「最後」に力をこめた。

このメンバーで走るのは最後だし、ひょっとしたら湘南国際大学のジョギング愛好会にとっても最後のレースになってしまうかもしれない。

24時間は長いようだが、もうすぐ折り返しになる。あっと言う間に終わってしまう。あと13時間経てば、24耐は終わる。一人だけ逆方向の列車に乗って、遠い故郷へ帰らなければならない。洋介にはそんな感慨があった。

箱根駅伝の中継を観ていると、アナウンサーがしばしば「最後の箱根です！」と口走る。最上級生にとっては卒業レースになるからだ。

しかし、そんな日の当たる大会だけが最後のレースなのではない。ランナーの数だけレースはある。それぞれの思い出のレースがある。

「うーん、じゃあ、なんとかがんばりますか」

太ものマッサージを続けながら、マックスが言った。

「ごめんなさーい。足引っ張っちゃって」

美瑠璃が謝る。

「もういいって。助っ人にカバーしてもらうから」

「わたし？」

麻友は自分の胸を指さした。

「ほかにだれがいるんだ？　メンバー表にも『助っ人』って書いてあるんだから」

と、マックス。

じゃあとばかりに、麻友はどら焼きの箱のほうを指さした。目と目が合う。

「そっちの助っ人はコジンの部ね」

かやのが言う。

「うまい」

「ああ、そうか」

腑《ふ》に落ちたような声が響いた。

「どら焼き、もう一個食いたくなってきたな」

「どうぞどうぞ」

あれだけたくさんあったのに、羽石家にもおすそ分けをしたから、ジャンボどら焼きの残りは数個にまで減っていた。

「なら、ショウが壊れないうちに、次は助っ人の出番ということで」

「えー、もうですか」

「3周くらい。軽く」

「1周」

麻友は控えめに指を一本立てた。

「じゃあ、中を取って2周」

「うう、それくらいなら」

話が決まった。2周約3・4キロとはいえ、いまの麻友にとってみれば十分長い。全部歩いても長い。

「では、敵情視察を兼ねて、個人の部の成績をチェックしてから行こう。助っ人の次はおれが走る」

洋介が立ち上がった。

「気合入ってきましたね、キャプテン」

と、美瑠璃。

「目標があると、ちょっとだけやる気が出てきた」

マックスも立ち上がり、屈伸運動を始めた。

麻友はあいまいな顔つきになった。周りがやる気を見せていたら、たすきを受け取ってすぐ歩きだすわけにはいかない。

まっ、いいか。

最初だけがんばってるふりをすれば。

すぐ頭を切り替え、麻友はほかのメンバーとともにテントを出た。

＊

「うーん、いまのところ5位争いか」

24時間個人の部の途中経過をチェックして、洋介があごに手をやった。

「でも、3位とはまだそんなに差がないよ。個人の選手はこれからテントで寝るかもしれないし」

かやのが指さす。

「うっかり朝まで熟睡とか」

「じゃあ、まだ望みはあるかな」

「個人はガクッと折れる選手がいるだろうしね」

「うちだってボキボキ折れてるけど」

「1時間に4周から5周のペースを維持すれば、表彰台も夢じゃないです」

頭の中で計算していた健太郎が言った。

「5周はきついかなあ」

「ここからリセットしたって無理ですよ。わたしだと」

と、麻友。

「宇宙人の担当は2周なんだから」

「でも、歩いたら2周で40分以上かかる。1時間だと3周ペース」

「あ、速足でも無理っす。1時間に2周なら歩いて回れますけど」

「遅い宇宙人だなあ」

いつのまにか、麻友=宇宙人で定着してしまった。

「とにかく、まだ勝負にはなってるな。よく見ると、明らかにオーバーペースで落ちてきてる選手もいるし」

洋介は個人の順位表をめくってチェックした。

　1時間ごとに最新のデータが上から貼られていく。それを小まめにめくってみれば、上位陣の順位の変動がわかる。8時間までトップを独走していた選手は、何かアクシデントでもあったのか、めっきり周回数を落としていた。

「お知り合いが個人の部に出られてるんですか？」

　係員の一人が声をかけてきた。

　参加賞として選手に配布されるTシャツは青色だが、係員とボランティアは同じデザインで赤いシャツを着ている。裏方の、誇りの赤だ。

「いや、チームの部では全然勝負にならないんで、個人の部の選手と戦ってみようかという話になりまして。わははは」

　マックスが笑う。

「それはそれは、わははは」

　人の良さそうな初老の係員も釣られて笑った。

　というわけで現状分析が終わり、総合3位を目指してレースを続けることになった。

　個人とチームではさすがに違う。フルマラソンの世界最高記録はハイレ・ゲブレセラシエ選手の2時間3分台だが（当時）、日本の都道府県対抗全国高校駅伝のベスト記録は2時間1分台だ。たすきをつないで束になってかかれば、高校生でも最強ランナーに勝つことができる。あくまでも、リレーのメンバーがそろっていればの話だが。

「そろそろ帰ってくるかな、ショウは」

リレーゾーンのほうへ向かいながら、洋介が言った。

今回は周回数ではなく、「40分くらい」というアバウトな分担にしておいた。序盤のショウなら悪くても4周くらいかせぐところだが、いまはどうかはわからない。

「準備運動しといたほうがいいよ、宇宙人さん」

「へい」

麻友は体を妙な具合にくねらせた。

湘南国際大学ランニング同好会のランナーがたすきを受け取り、ものすごい勢いで競技場から出ていった。本当の表彰台争いをしているチームと、仮想敵の個人ランナーと争っているチームとでは、同じ大学でもこんなに違う。

「あっ！」

かやのが声をあげた。

「帰ってきたか？」

「うん、でも……」

と、前方を指さす。

「うわ、ほんとに壊れてる」

「やっちゃったよ」

トラックに入ってきた翔は、あからさまに左足を引きずっていた。もちろん、走ってはいない。

「ショウ、どうした？」

「ちょっと休もうと思って歩いてたら、側溝に足を取られてひねった」

翔は顔をゆがめて言った。

「大丈夫？」

かやのが駆け寄る。

「大丈夫に見えるかよ、これが」

「骨は？」

「ああ、それは大丈夫そう。ただ、はっきり捻挫《ねんざ》はしてる。足首、痛ェ。もう、無理」

翔は手で大きな×を作った。

「そして、だれもいなくなった……とか」

メンバー表を見ながら、健太郎がつぶやく。

「とりあえず、減った分は助っ人にカバーしてもらいましょう」

「えー、そんな」

そうこうしているうちに、やっと「ガラスのショウ」が到着した。

「たのむー」

「へい！」

たすきが麻友の手に渡った。

M
12時間経過
残り12時間（午前0時）

日付が変わった。

24耐はようやく半分が経過した。

そろそろ終電の時間になる。明日は外せない用事があるメンバーはあわただしく帰路に就き、逆に深夜要員だったメンバーが公園に向かう。こうして最後の入れ替えが終わると、会場の空気はより濃密になった。

それまでちらほらといた見物客は帰り、公園はさらに寂しくなった。それでもライトアップは続いていた。公園に面した県道を走るドライバーたちは、いつもと違うたたずまいに首をかしげた。

無料で行われているマッサージのテントには、長い順番待ちの列ができていた。どこか痛めている選手たちを立たせておくわけにはいかないから、パイプ椅子《いす》がたくさん用意されている。

ゼッケンを見ると、ほとんどがチーム走のランナーだった。整体師たちが夜を徹して施術を行ってくれるのだが、ここまで列が長いといつ順番が回ってくるかわからない。個人走のランナーは指をくわえて見ているしかなかった。

その順番待ちの椅子に、マックスが座っていた。麻友がどうにか2周走ったあと、たすきをつないだ洋介が2周だけ走った。決して速いとは言えないが、全力疾走に近い走りだった。

終盤になってメンバーの余力が乏しくなってくると、ラストスパートに近い「1周つなぎ」を導入するチームが増えてくる。それにはまだ早いが、ここらで鞭《むち》を入れ、まぼろしの（個人の部の）表彰台をゆるぎないものにしようという作戦だった。

だが、早くも予定が狂った。

洋介からたすきを受け取ったマックスも、2周だけ気合を入れて走ることになっていた。しかし、半周も進まないところで太ももの違和感が募った。

結局、1周だけで歩いて戻り、マッサージを受けることにした。復活できるかどうかは治療の結果次第だ。

「ああ、サンキュ」

向こうから麻友がやってきた。片手にコーヒーを持っている。

正規のフードサービスや給水ばかりでなく、会場には移動式の屋台も出ていた。沖縄そばの店にコーヒーショップだ。店員も選手に付き合って徹夜になる。

「麻友ちゃんは飲まないの？」

持ち帰り用のコーヒーを受け取り、マックスはたずねた。

「宇宙人、眠クナイ、コーヒー、必要ナイ」

麻友は妙な口調で答えた。

「それ、ロボットだよ」

「ワタシ、宇宙人ロボット」

「なら、ずっと走れるな」

「ロボット、走ルノ苦手、足痛イ」

麻友はひざに手をやった。

「でも、もうそろそろ順番だよ。……あー、しみるな」

マックスはうまそうにコーヒーを飲んだ。

「えー、もう？」

麻友は芝居をやめて時計を見た。

「孤島で一人ずつ殺されて……じゃなくて、公園で一人ずつ減ってきてるんだから、しょうがないじゃない」

「き・み・は？」

音を切って、指さす。

「ぼく？　これは正規のピットインなんだから、何の問題もございません」

マックスはそう言って、また太ももを手で揉んだ。

「ふーん、まあいいや」

「いざとなったらたたき起こせばいいよ。もう朝だって言って」

「さっきちらっとテントを覗いたら、くかーって熟睡してたよ」

「朝型だからなあ、カヤノさん」

マックスはお手上げのポーズをとった。

ただでさえ人材不足のジョギング愛好会だが、また一人、ポイントゲッターのかやのが脱落してしまった。

24耐の敵は故障だけではない。睡魔もまた恐るべき強敵だ。

かやのはメンバーきっての早起きで、毎朝4時に起きてひとしきりジョギングをする。逆に、夜には弱い。これがまあ、極端に弱い。飲み会の二次会になるころには魂が抜けてくる。シンデレラどころではないから、太陽に引っかけて「サンデレラのカヤノ」と呼ばれるくらいだ。

長時間耐久走のランナーはもちろん男のほうが多いが、女性のほうが適していると も言われている。たしかに、男のランナーはどこかでポキッと折れてしまうことがあるけれども、女性ランナーは一定のペースを守って走る。

たとえスピードはなくても、コース上にいる時間が長ければ距離を稼ぐことができる。フルマラソンの持ちタイムはたいしたことがなくても、耐久性が強ければ上位に進出できる。それが時間走のウルトラマラソンの醍醐味の一つだった。

その点、かやのは申し分がなかった。ジョギング愛好会のエースと言っても過言ではなかった。あいにく故障者が続出してしまったが、かやのはまだまだ大丈夫そうだった。夜になっても走り続けられる体質でありさえすれば、ほかのメンバーはずいぶん楽ができたはずだ。どうも歯車がうまく嚙み合っていない。

「でも、よくこんなうるさいとこで寝られるね」

麻友は照明を指さした。

照明灯のモーターの音が鳴り響いている。男女ともに仮眠用のテントが用意されているが、宿泊施設に比べると環境は話にならないほど劣悪だった。

「それに、寒いし」

マックスはウインドブレーカーを着こんでいた。夜はぐっと冷えこんできている。体を動かしていないと、はっきり寒い。

「たしかに。でも、よく寝てた。三人でちっちゃい輪になってるみたいな格好で」

麻友は両手の指で小さな輪を作った。

「三人？」

いぶかしそうにマックスが問う。

「カヤノさん、ミルリちゃん……亜季さん、の三人」

麻友は指を折って答えた。

「ああ、そうか。羽石さんも寝てるのかと思った」

「まさか。トライアスリートさんはめちゃめちゃ元気だったよ。『がんばれ』『ファイトー！　元気出して』って、追い抜くたびに大きな声をかけてくれた」

「あっ、あれはねえ、眠気覚ましだって」

「眠気覚まし？」

「そう。テントで言ってた。チーム走と言っても、羽石さんは個人走のランナーみたいなもんだよね。夜どおし走ることになってる。カフェイン入りの飴をなめたり、コーヒーを飲んだりしても、睡魔に襲われることはある」

「わかった。雪山で遭難したときに大声で歌を歌うようなものね。なんか、どこかでそんな話を聞いたよ」

「ピンポーン！　とにかく、眠くなったら声を出す。ランナーに知り合いがいなかったら、係員さんに『深夜までご苦労さまです！』とか声をかける。そうすれば、だいぶ違うって言ってた」

「なるほどねえ。じゃあ、わたしもやってみる」

麻友はいきなり両手を頭にやった。

「宇宙人、眠クナイ！　地球ノ人、ミンナ仲良シ！」

大声で叫ぶと、施術中の整体師までぎょっとして顔を上げた。

「あ、ただの変人ですから、お気になさらず」

マックスがあわててフォローする。

「そんな言い方は……あっ」

麻友が言い返そうとしたとき、携帯の着メロが鳴った。曲は「静かな湖畔」だが、だしぬけに鳴り響いた音はかなりやかましい。

「はい……えー……あと10分くらい……はいはい……へー、わかりやした」

通話を終えた麻友は、微妙な表情になった。

「お呼び出し？」

「お呼び出しを申し上げます。ジョギング愛好会の助っ人の月岡麻友様、キャプテンがお呼びです。ケンタロウ選手のあごが上がってきました」

今度はデパートのアナウンスの真似をする。

チーム走は連携が大事だ。今走っているランナーの調子を見て、次のランナーを用意しておかなければならない。

逆に、次が準備不足なら、たすきをかけているランナーに周回数を増やすように伝達する必要がある。リレーゾーンにたどり着いたけれども、たすきを渡す相手がいない――そんな事態だけは避けなければならない。どのチームも携帯を駆使して、メンバーに正確な情報を伝えていた。

「本職はマネージャーだからなあ、ケンタロウは」

仕方がないとばかりに、マックスが言った。

「でも、それなりに走ってたみたいだよ、いままでは」

「それなりにね。何か課題を持ってランニングに取り組む姿勢はいいんだけど、惜しむらくは運動神経がない。必ずボタンを一つ掛け違えてる。だから、長時間になるとそのツケが回ってくるんだ。自然さに欠けるフォームで走ってるから」

「えー、だって……」

きみだってひどいがに股じゃない、と言おうとして、麻友は言葉を呑みこんだ。ひょっとしたら、自分は一流選手並みの華麗なフォームで走っているつもりなのかもしれない。そういう幻想を打ち砕いてしまうのは、ちょっとかわいそうな気がした。

「だって、何?」

「ううん、なんでもない。とにかく、行ってくる」

「次は何周?」

「わかんない。たぶん、2周」

「じゃあ、その次の次あたりにつなげるようにしとくよ」

「オッケー」

麻友は軽く手を挙げ、リレーゾーンに向かった。

＊

ゴール地点のエアアーチは、夜になるとライトアップされる。蛍光色の黄色いアーチは競技場に入ればすぐわかる。トラックを半周し、失敗した宇宙船のようなものが正面に見えれば、リレーゾーンはもうすぐそこだ。

リレーゾーンの手前に分岐点がある。これからたすきをつなぐ場合は左に、まだ周回を重ねるランナーと個人走の選手は右に進む。そして、また合流し、アーチをくぐって次の周回に進んでいく。

ゴール地点ではRCチップが作動する。ランナーが通りすぎるたびに、ピッピッと音を立てる。レースが始まったころはうるさいくらいだったが、いまはそうでもなくなった。コース上にいるランナーの数が減ったから、しばしば音が途切れる。


はい、がんばって。

もう残り半分を切ったよ。


ゴール地点の係員が声をかける。

ランナーの姿はさまざまだ。序盤と変わらないスピードで疾走するチーム走のランナーもいれば、ウインドブレーカーを着てとぼとぼと歩いている個人走の選手もいる。顔を歪めた者、あくびをかみ殺している者、いろいろな表情があった。

黄色いアーチをシマウマがくぐる。蒼ざめた顔の青年が通る。係員に大きな声をかけ、トライアスリートが疾走する。それぞれの人生の一瞬がここにあった。

リレーゾーンにもささやかなドラマがある。途中で足を痛め、両手でたすきを持って、必死に次の走者につなごうとしているランナーがいる。駅伝の中継放送のように、その光景に「物語」の絵の具がべたべた塗られることはないが、たすきをかけて走ることは同じだ。一本のたすきには、そのチームだけの重みがある。

ただ、正規の駅伝とは違うところもあった。足を引きずりながらリレーゾーンに向かってくる仲間の姿を見るに忍びなく、次のランナーがコースを逆走してたすきを受け取りにいく。本来は反則だが、文句を言うような無粋な係員はここにはいない。

「あ、来た来た。頼むよ、2周」

洋介が麻友の肩をたたいた。

「はーい」

麻友は明るく答えてリレーゾーンに入った。もちろん、カラ元気だ。

「ケンタロウくん、ラスト！」

と、声をかけてから実際にたすきが麻友の手に渡るまで、ずいぶん時間がかかった。そのあいだだけでも、かなりの数のチームに抜かれた。

健太郎は歩いていたわけではなかった。彼なりに必死に腕を振り、ラストスパートをかけていた。

今日の健太郎のテーマは「腕で走る」ことだった。腕を振り、肩甲骨を強く引くことによって前へ進む力が生まれる。そのあたりに注意し、腕振りを怠らないようにしていた。

だが、そのうちあごが上がり、腰が落ちてきた。腕を振る角度が徐々に狂いだした。腰のあたりにまとわりついたハエをひじで振り払うようなつもりで腕を振る――どこかで耳にしたアドバイスを健太郎は実践していたのだが、なにぶん運動力学に反しているものだから、いっこうに前へ進んでいなかった。ウケないコントを延々と繰り返しているかのようだ。

「ラスト、ラスト！」

やっと麻友のところへたどり着いた。たすきを渡すと、健太郎は両手で腰を押さえてしゃがみこんだ。

N
13時間経過
残り11時間（午前1時）

おいしそうなブロッコリーだわ、と麻友は思った。

こうして夜の公園をとぼとぼと歩いていると、しだいに現実の光景がまぼろしのように感じられてくる。ライトアップされた何の変哲もない常緑樹がブロッコリーに見える。いままで見たこともない大きなブロッコリーだ。

ゆでてマヨネーズをつけて食べたら、一年くらいもちそう。

頭からがぶっと……。

ボーッとそんなことを考えながら歩いていると、うしろから足音が近づいてきた。

顔に大きな赤い星を描いた個人走の選手が追い抜いていく。

最新の情報によると、24耐個人走の現在の3位は牛のプチ仮装をしたランナーだった。帽子に近いかぶりものと短いしっぽだけだから、これならさほど邪魔にはならない。牛は最初から安定したペースで上位をキープしていた。

それを追っているのが、いま抜いていったフェイスペインターだった。なんだか妙な争いだ。

ジョギング愛好会はそのあとから追走しているが、差はなかなか詰まりそうになかった。腰を痛めた健太郎は「二足のわらじはつらいので、しばらくはマネージャーに専念します」と宣言してシャワーを浴びにいってしまった。公園内には保養施設があり、24時間いつでもシャワーを使うことができる。

マッサージを終えたマックスはレースに復帰したが、リハビリを兼ねて1周ゆっくり歩いただけだった。かやのはまだ熟睡している。洋介も疲れが出てきたらしく、麻友にたすきを渡してからテントのほうへ歩いていった。どうもチーム全体が前へ進んでいない。ただでさえ動力が欠けているのに、漕ぎ手が次々に寝てしまった船のようだ。

麻友は歩きながら大きなあくびをした。

いけない。

緊張感が欠けてきた。

いままでは大丈夫だったけど、気がゆるむとつけこまれるのよね、あいつらに。

あいつらとは、もちろん怪しいもののことだ。夜に見る体質の麻友がいままで何事もなかったのは、まがりなりにもレースに集中していたからだ。ジョギング愛好会の助っ人になり、肩からたすきをかけたということもあって、結果はともかく前を見て進んでいた。

おかげで、脇道は意識から消えた。その先の闇の中に潜んでいるかもしれないものにつけ入られるすきはなかった。

しかし、いまは違う。緊張はかなりゆるんでいた。どうせがんばっても（個人の部の）３位にも入れそうにない。

それに、眠い。おかげで、視野に映るものがみな朧《おぼろ》げな膜《まく》を帯びているように見えた。暗がりに等間隔で吊り下げられている電球が舟の灯りに見える。精霊流しの舟だ。だれかのたましいを運び、舟がゆっくりと流れていく。

ああ、おふとんが恋しいなあ。

ここへ飛んでこないかな。

麻友は空を見上げた。

もちろん、空飛ぶじゅうたんのようにふとんが飛んでくることはない。雲が出てきたらしく、月も星も見えなかった。

同行者がいれば退屈もまぎれるのだが、近くを同じように歩いているのは怖そうなおじさんだけだった。何かぶつぶつつぶやきながら歩いている。できれば距離を置きたいくらいだ。

ふくらはぎさんやリボンさん、それにトライアスリートの羽石さんが抜くときに声をかけたり手を挙げたりしてくれるが、あとはひたすら単調だった。ほとんど歩いているとはいえ、同じところをぐるぐる回っているだけだ。景色にはすっかり飽きた。

最初のころは給水所が楽しみだった。とりどりの飴《あめ》にレーズンに梅干し、バナナにレモン、いろんなものが置かれている。次は何を食べようかと思うと、多少はモチベーションになった。

だが、ひととおり全部食べてしまった。いまは眠気覚ましのコーヒー飴をなめているが、なんだか味がしない。

退屈と疲れと眠気が三位一体になると、あらぬものが見えてくる。ただの樹木が巨大なブロッコリーに見える。競技場の外壁は、モンス・デジデリオの絵みたいに崩れてきそうだ。電球の精霊流しは止まらない。行く手に見える手の形をした青いオブジェは、いきなり動き出して指相撲を始めそうだ。

うーん、そろそろ限界かも。

寝不足だとまずいんだよね。カラオケボックスであれを見たときもそうだったし……。

ずっと白線に沿って歩いていると、さらに眠気が募ってきた。麻友は一つ深呼吸をしてから右のほうを見た。

そこには小学校のグラウンドがあった。いまは黒で塗りつぶされているそこに、だれか立っているような気がした。まだ小学校にも上がっていない娘と……たぶんその母さんだ。なぜかそんな影が心に顕《た》った。

ほんとに、いけない。

ボーッとしてたら、知らないところへ連れていかれそう。

やっぱり、白線が頼りよね。この上を歩いていれば、とりあえず大丈夫。

麻友は足元を確かめながら歩いた。

周回コースに引かれている白線の上を歩いてさえいれば、出るという噂の公園でも変な場所へ足を踏み入れることはないはずだ。

しかし……。

電球の波が途切れ、いつのまにか周りにランナーがいなくなった。ぶつぶつしゃべっていたおじさんも、のろのろと走りだした。

眠気が急に強くなった。頭全体にやんわりと薄い膜がかぶせられたかのようだった。

麻友は瞬《まばた》きをした。

白線が、ある。

目の前にある。

そのずっと視野に入っていた白い線が妙な具合に揺らぎ、不意に二つに分かれた。

えっ、何?

どっちへ行けばいいの?

左は……。

暗い、と思ったところで、麻友の意識はふっと途切れた。

麻友はコースから外れ、暗い森のほうへ歩いていった。

足元の感触が変わった。アスファルトから土になった。

灯りもない。道を照らす電球はない。

それでも麻友は、着実な足取りで歩いていた。

ただし、表情は消えていた。瞬きもしない。うつろな顔のまま、麻友は森の奥へ歩いていった。

もちろんそこに白線は引かれていない。昼間は人々が小鳥のさえずりを聞きながら散策する小道だ。

だが、麻友には見えていた。ひとすじの心細い白線は、闇の芯へと続いていた。

風が吹く。

麻友の髪を揺らし、樹木の間《あわい》から風が吹きこんでくる。

そして、声が聞こえた。


た、す……


弱々しい声だった。

「た、す、け、て」と言おうとしてるのかしら。

わたしに助けを求めてるの？

夢うつつのままに、麻友は思った。
しかし、違った。
声はこう聞き取ることができた。

た、す、き、を……

麻友はほほえんだ。
行く手に影が見えた。
いやにぼんやりとした、いまにも消えそうな影だが、たしかにそれは人だった。

そういうことね。
いま、渡すわ。

麻友はたすきに手をかけた。
そして、数歩進んだところで立ち止まった。

○
14時間経過
残り10時間（午前2時）

「なかなか帰ってこないなあ」

マックスが時計を見た。

「まさか、ベンチで寝てるとか」

かやのがそう言って、あくびをかみ殺した。

隣の美瑠璃が起きたときに一緒に目を覚ましたのだが、もちろん睡眠時間は足りていない。まだ体が半分寝ているような感じだった。

代わりに洋介がピットインした。周到に背負って来た登山用の寝袋にくるまり、1時間ほど仮眠をとる予定だ。そのあいだは、かやのがキャプテン代行ということになった。

「宇宙人の考えることだから、わかりませんね」

と、マックス。

「あんまり冷えるから、ラーメンを食いに行ったとか」

「コンビニならあるかも」

　翔と美瑠璃が言った。

　どちらも救護班のテントでテーピングなどの応急措置を済ませている。短いとはいえ、1・7キロの周回コースを歩かせるのは酷だが、応援部隊としては戦力になる。足はまともに動かなくても、声ならいくらでも出せるのだから。

　だが、その声援を送るべきランナーがいっこうに帰ってこなかった。もうかれこれ30分くらい待っている。待てど暮らせど、麻友は戻ってこない。いくらたたら歩いていたとしても遅すぎる。

「じゃあ、ぼく、見てきます」

　マックスが言った。

「ああ、お願いね。べつに無理して走らなくてもいいんだけど。次走の目が覚めてないから」

　かやのはそう言って、手にした缶コーヒーを飲んだ。

「ファイト、ファイト、マックス！」

　美瑠璃が唐突に応援を始めた。

「斥候《せっこう》に声援を送らないでください」

「だって、ボーッと立ってるだけじゃ寒いもん」

「走れ、走れ！」

翔もウエーブのような応援を始める。

そのうち手拍子が始まった。

「マックス、ファイト！　マックス、ファイト！」

ほかのチームの注目を浴びながら、マックスはランナーたちと逆方向へ歩いていった。

＊

「ＳＩＵ、がんばれ！」

マックスは同じ大学のランニング同好会のランナーに声援を飛ばした。

ＳＩＵは湘南国際大学の略称だ。ダウンジャケットを着こんでいるマックスとは対照的に、この寒さでもランニングシャツ姿のランナーは、軽く手を挙げて疾走していった。見たところ、キロ４分を切るペースを維持している。

３対１……いや、５対１の交換トレードはどうかな。

向こうがうんと言わないか。

そんなことをぼんやりと考えながら、マックスはベンチのほうへ歩いていった。

麻友にコンビニやラーメン屋まで歩いていく元気があるのなら、もうリレーゾーンへ戻ってきているはずだ。いったん外へ出ると、往復するだけでかなり歩く。どうしても行きたいのなら、たすきを渡してからにすればいい。よそのチームもそうしている。とすれば、ベンチで熟睡している公算が高い。マックスはそう推理した。

花のトンネルとまではいかないが、街灯に照らされた桜の枝が風にふるふると揺れている場所を過ぎると、休憩所のようなものが見えてくる。

置かれているのはベンチが三つだけで、自動販売機はない。夕方には近所のおばさんたちがここで猫にえさをやる。野良と呼ぶにはいやに栄養状態が良さそうなとりどりの猫たちは、ときおり沿道に座って不思議そうにランナーを見ていた。

「おや、羽石さん」

ベンチにいたのは麻友ではなく、意外にもトライアスリートだった。

「ああ、どうも。……5分ちょっと寝たかな」

羽石信士はそう言って、大きな伸びをした。

「たった5分ですか?」

「ええ。5分でもずいぶん違いますよ。最近はタイマーをセットしなくても、だいたい5分くらいで起きます」

「へえ……ぼくなら熟睡しちゃいそうですけどね」

「はは。よその大会では個人走に出てますから、なんとなく慣れみたいなもんです。5分寝たら、24時間もＯＫ」

ベンチから立ち上がると、羽石はきびきびとした動作で脚のストレッチを始めた。

24耐が行われるのは湘南市ばかりではない。東京の夢の島、神宮外苑、弘前……さまざまな場所で開催される。なかにはほうぼうの大会で24耐を走る猛者もいる。羽石もその「顔」の一人だった。

「すごいなあ」

マックスは感に堪えたような表情になった。

チーム走でもこんなにへろへろなのに、個人走なんてとても考えられない。

「あ、ところで、うちのランナーを見かけませんでしたか？　いまは助っ人の月岡麻友が走ってる……じゃなくて、とぼとぼ歩いてるはずなんですが」

「かわいい助っ人さん？　さあ、見かけなかったなあ。寝てるあいだに抜いていったんじゃないかな」

「いや、それなら途中ですれ違ってるはずなので……まあ、いいです。これから探してきますから」

「じゃあ、レースに戻るので、見つけたら声をかけときますよ」

「お願いします」

トライアスリートはコースに戻り、何事もなかったかのようにまた走りはじめた。

シューズの裏がよく見える。脚が動いている証拠だ。


あの調子なら、すぐ戻ってくるな。

麻友ちゃんがコース上にいるかどうか、それでわかる。

問題は……。


マックスは腕組みをした。

いちばんの懸念は、麻友がたすきをかけたまま女子トイレで眠っていることだった。

十分、ありうる。もしそうだとすれば、探しようがない。

もちろん、携帯には何度か電話をかけている。着メロはあのけたたましい「静かな湖畔」だ。普通は目を覚ます。

しかし、襲ってきた睡魔があまりにも強烈だったら。それに、もし具合が悪くなってしまったとしたら……。

そう考えると、今日会ったばかりなのに、胸のあたりがズキンとうずいた。

とりあえず、ここで羽石さんを待ってるかな。

10分もしないうちに戻ってくるんだし。

もしコース上にいなかったら、もう一度携帯に電話してみて、出なかったら……。


そこまで考えたとき、マックスの表情が変わった。

前方から、見憶えのある格好をしたランナーが近づいてきたのだ。

間違いない。麻友だ。

マックスは目を見張った。

麻友は、走っていた。

「おお、走ってる」

マックスは思わず口走った。

決して速くはないが、麻友は歩いてはいなかった。たしかに走っていた。

それなら、どうしてなかなか戻ってこなかったのか。いままでコースから外れたところにいたのでなければつじつまが合わないが、とりあえずほっとした。

「麻友ちゃーん、これでラスト。カヤノさんにつな……」

そこで言葉が途切れた。

マックスの顔に、驚愕の色が浮かんだ。

近づいてきたのは、まぎれもない月岡麻友だった。見間違えるはずがない。妙なフォームで走ってきたのは、この同じコースで声をかけてチームにスカウトした麻友だ。

だが……

マックスの前を通りすぎるときも、麻友は無表情だった。ひと言も発しなかった。うつろな目を見開いたまま、おばあさんが糸巻きをするような格好で腕を振りながら、ゆっくりと前へ走っていった。

＊

「遅いなあ、マックス」

今度はショウがあくびをした。

「一人ずつ森へ消えていったとか」

研修施設のシャワーで腰を温めてきた健太郎も合流していた。ただし、状態はあまり芳しくないらしく、たすきリレーを見届けたらマックスに続いて整体師のマッサージを受けることになっている。

「お面をかぶった人が森へ引きずりこんだりするんでしょ」

と、美瑠璃。

「ピカチュウのお面とか？」

かやのが仮装ランナーを指さす。

「それ、かえって怖いかも」

「キティちゃんのかぶり物をした殺人鬼とか」

「うっ、電動ノコギリを提げた血まみれのキティちゃん……」

そんなならちもない話をしていると、近くにいたランナーがしゃべりかけてきた。

地元の月例マラソンでよく見かける「シーサイドスーパースターズ」の青いTシャツを着ているが、どうやらBチームらしい。あまり緊張感は漂ってこなかった。

「うち、個人の部にも出走してるもんで、応援も忙しいんですよ」

地元のランニングクラブのメンバーは、通り過ぎた別のランナーに短い声援を送ってから言った。

「たしか個人の1位は、そちらのメンバーですよね」

健太郎がマネージャーの顔でたずねた。

「ええ。世界選手権の代表も狙ってるくらいですから。チームか個人か、いつも悩むそうです。ま、二軍のBチームには関係ない話なんですが」

「24耐の世界選手権なんてあるんですか?」

美瑠璃が驚いてたずねた。

「世間一般には全然知られてませんけど、24時間個人走の世界選手権は毎年行われています。日本の男子は個人・団体ともにいつも優勝候補の筆頭です。これがオリンピックの種目だったら、女子も含めてメダルの量産が期待できますよ」

「なるほどなあ。マラソンじゃもうアフリカ勢に勝てそうもないから、24耐も加えればいいのに」

と、翔。

「トライアスロンだってオリンピック種目になってますからね。周回コースだと場所もとらないし、お金もかからない」

「夜どおし生中継できるから、その点もメリットかも」

かやのも賛成した。

「うーん、何人観るのかという気もしますが」

健太郎が首をかしげたとき、美瑠璃が「あっ」と声をあげた。

「やっと帰ってきた」

「えっ、うそ」

次走のかやのの顔に驚きの色が浮かんだ。

「なんで真似してるんだ？」

翔はいぶかしそうに言った。

「真似なんかできるはずないじゃない！　麻友ちゃん、今日初めてうちのチームに入ったのよ」

かやのがそう言うと、翔の表情が変わった。

声にならない短い叫び声をあげると、翔はやにわに駆け出していった。

「ショウ！」

翔は振り向かなかった。

痛めた足を引きずりながら、前へ、必死に走っていった。リレーゾーンを逆走し、糸巻きの腕振りでトラックを走ってくるランナーに近づく。たった一人で出迎える。

麻友はたすきを外した。

なおも走りながら、翔に渡す。

「もういい……わかった。もういい」

翔は涙声で伝えた。

たすきが着いた。

翔に渡し終えると、麻友はその場に倒れこんだ。

P

15時間経過
残り9時間（午前3時）

永井真那夫は顔をしかめながら歩いていた。

そのペースはひどく遅かった。腰に手をやり、ときどき立ち止まりながら歩く。うしろから来たランナーに次々に抜かれていく。

初めて立ち止まったとき、真那夫の中で何かが切れた。歩いてレースに戻り、復調したらいずれランナーに戻ろう――当初はそう思った。

だが、結局その傷は修復されなかった。むしろ時が経つにつれて広がっていった。

走っているときの途中経過ではベストテンの半ばあたりをキープしていたのだが、徐々に順位を下げて圏外に去った。まだゼッケンはつけているが、真那夫はもうレースに参加していなかった。

なのに、真那夫は歩いていた。夜の公園を歩き続けていた。だれにも声をかけず、黙々と同じところを歩いていた。

こんな時間なのに、バスケットボールの練習をしている青年がいた。ゴールに向かってボールを投げ、成功しても失敗しても自分で拾い、少しドリブルしてからまた投げる。

とくに上手なわけではない。遠くから投げたボールがゴールネットに吸いこまれる確率は、決して高くなかった。

そのさまを、真那夫はしばらく立ち止まって眺めていた。


バスケットボールの練習をしてるんじゃない。

いま、ぼくが歩いてるのと同じように、彼はボールを投げている。闇に向かって放している。

たぶん、そうだろう。


バスケットボールがゴールネットの枠に当たり、鈍い音を立てた。そして、虚空を惑うように動いて地面に落ちた。

真那夫はまた歩きだした。青年とは会釈もしなかった。

白線の上を、少し視線を落として歩く。疲れと眠気のせいか、徐々に現実感が乏しくなってきた。同じ幅のはずなのに、白線が少しずつ細くなっているように見える。

テントで休むという選択肢もあった。それどころか、リタイアしてもいい。バスと電車が動くまでテントで寝てから帰ればいい。

リタイアするのは簡単だった。シューズにつけたRCチップを外し、所定の返却箱に入れるだけでいい。個人の成績証は後日郵送されることになっている。24耐が終わるまで待っている必要はない。

しかし、真那夫はリタイアしなかった。テントで休もうともしなかった。周回数を増やすことにもうこだわりはないのに、疲れた体を引きずってなおも歩いていた。深夜になっても歩き続けていた。

前方に桜の木が見えた。そこはライトアップされている。風が吹くたびに、桜の花びらが舞い、街灯の灯りに照らされる。

まるで桜の花が間断なく生成されているかのようだった。闇の中から生まれる花びら、無のただなかから現れる、ほのかな朱に染まったもの……。

そんなまぼろしめいた光景を視野に宿しながら、真那夫は考えた。

ぼくはなぜここにいるのだろう。

夜になっても歩き続けているのだろう。

堂々巡りの思考は続いた。

白線の上を歩きながら、さらに考える。答えが出るはずのないことを考える。

ぼくは……そして、ぼくらはどこへ行くのだろう。

あの花びらのように闇の中を流れて、いったいどこへ行ってしまうのだろう。

コースに引かれている線。

その白さが目にしみた。


いま見えている桜の花びらのように、ぼくは、そして、ぼくらは、一瞬だけ闇の中から〈いま、ここ〉に姿を現す。

そして、消えていく。

何も遺さず、消えていく。


桜の木が少しずつ近づいてきた。

いまはまだ無数の花びらを宿しているが、やがて散る。散って何もなくなってしまう。

この地上からいっさいの人影が消えても、春が巡れば、あの桜は咲くだろう。

花びらが舞い散る風の丘にだれも訪れなくなっても、何事もなかったかのように咲くだろう。

ぼくが、そして、ぼくらがみんな死に絶えても、無人になったこの星で、墓標のような桜が咲くだろう。


そう思うと、急に視野がぼやけてきた。

どこまで走っても、歩いても、やがては終わってしまう。自分という存在が、この世界が、この星が終わってしまう。そして、だれもいなくなってしまう。

真那夫は足元を見た。

まだシューズの下にある大地の存在を確かめるように、見た。

瞬きをする。

それでも、視野に映るものは変わらなかった。平然と、そのように映っていた。

真那夫はありえないものを目にしていた。

白線は、一本だけではなかった。

いつのまにか、二本になっていた。

右は通常のコースにつながっていた。見慣れた白線だ。その上を歩けば、また同じところに戻る。

だが、左の白線は違った。森の中へと続いていた。

右か、左か。

迷ったのは短い時間だった。真那夫は左を選んだ。照明はどこにもないのに、濃い闇の中へ続く線はうっすらと白く光っていた。

＊

この道を、だれかが歩いた。

ぼくだけじゃない。

近い過去に、遠い過去に、だれかが歩いた。

だから、この線はこんなにも白い。

無それ自体のように光っているものの上を、真那夫は静かに歩いた。

ランナーの足音も声も響かない。この道を歩いているのは真那夫だけだった。

白線はゆっくりと弧《こ》を描き、坂の上へ消えていった。昼間に散策したこともあるが、記憶にない場所だった。こんな坂はなかった。

小高い丘にも桜の木があるのだろう。白いものがいくつも視野をかすめていった。だが、どの花びらも真那夫の体には触れなかった。まぼろしの桜の花は、風に吹かれて、ただ真那夫のそばを通り過ぎていっただけだった。

静かだ、と真那夫は思った。

もう風の音も聞こえない。さら、ら……と、どこかで水が流れているだけだ。

丘に続く坂の途中で、白線が途切れた。

体の痛みは感じなかった。ずいぶん上ったのに、どこもうずかなかった。もう自分の体ではなくなってしまったかのようだ。

灯りも見えない。街灯か、外を走る車のライトか、これだけ上れば何か見えるはずなのに、目に映るのは闇と桜だけだ。ほかには何も見えない。

そして、坂を上りきった。

一見すると、空き地に見えた。森の中の虚《うろ》のような場所で、草だけが風に揺れている。そんな光景に見えた。

だが、闇に目が慣れるにしたがって、徐々に像が浮かんできた。白っぽいものが見えた。桜ではない。それは、人影だった。

一人だけではなかった。まぼろしの白線がいざなった丘の上に、幾人も、人がいた。草の上に腰を下ろし、真那夫を出迎えていた。

「よく来たな」

影の一人が言った。

月も街灯もないのに、その顔がはっきりと見えた。白いのは影の輪郭だけではなかった。目も白かった。

「ここは……」

真那夫は絞り出すように言った。

振り向いたが、もう白線は見えなかった。上ってきたはずの坂も、あいまいに闇にかすんでいた。

「気持ちいいぞ、ここに座ってると」

べつの影が言う。

真那夫は瞬きをした。

影の胸には、ゼッケンがついていた。かなり古そうなゼッケンだ。

「少しずつ、仲間が増える。少しずつ、な」

いくらか離れたところから、声が響いた。

「ここは……どこですか？」

そうたずねたが、明快な答えは返ってこなかった。幽かな笑いを含む声が、こう告げただけだった。

「ここは、ここだよ」

何も言っていないに等しい言葉だが、真那夫は「そうか」と思った。


ここは、ここだ。

ここは、そこではなく、どこでもない。

ここは、ここにしかない。


「ここで、何をしてるんです?」

真那夫はさらにたずねた。

「何もしていない。ただ座っている。疲れたから、ここで座っている」

白い目をした影が答えた。

「気持ちいいぞ、ここで座ってると。風が吹きすぎていく。何もかも、ただ通りすぎていく」

歌うように言う。

真那夫は初めて気づいた。

影の体は、草に溶けていた。足を投げ出して座っているのではない。ほどけていた。先のほうがほどけ、草と闇に溶けていた。

「戻るか?」

影が問う。

「戻って、また走り続けるか?」

真那夫はゆっくりと首を横に振った。

走り続けても、何も見えなかった。

同じところをぐるぐる回っただけだった。

影たちを見る。

いちばん向こうで、もう半ば草になっている影がゆっくりと手を挙げた。

ここにはゴールがある。

ここが、ゴールだ。

ここは、ここなのだから。

何かを思い切るように、真那夫は腰を下ろした。

ひんやりとした草の感触が伝わってきた。それは、心地よかった。秘密めいて、ひどく心地よかった。

べつに拍手は起きなかった。ほう、という声が漏れただけだった。

シューズの紐をゆるめ、疲れた脚を投げ出す。

座ってしまった。

もう走ることはない。

夜になっても走り続けることはない。

そう思うと、どこからか抗しがたい眠気が襲ってきた。

真那夫は最後に脚を見た。いままで懸命に動かしてきたものを、不思議そうに眺めた。

この脚は、いつ草になるのだろう。

草になってしまえば、ここにいるぼくはどうなるのだろう。

そこで意識が途切れた。

真那夫は眠りに落ちた。

もう覚めないかもしれない、深い眠りに。

Q

16時間経過
残り8時間（午前4時）

シマウマは歩いていた。

星井新は、シマウマの仮装のまま歩き続けていた。

いったんはテントに戻り、仮眠をとろうとした。だが、あまりにも寒すぎた。ちょっとうとうとしただけで目が覚めた。五本指ソックスに包まれた足の先が凍えるようになっていた。

寒かった。少し離れたところで、ランナーが一人、体を丸めて寝ているだけだった。ほかにはだれもいない。がらんとしたテントの中は冷えきっていた。

やむなく、またコースに戻った。缶コーヒーを飲むと、体のふるえは止まった。小脇に抱えていたシマウマの首を装着し、星井は再び歩きはじめた。

子供たちはもういない。日中は声援を送ってくれた子供たちの姿はない。声も聞こえない。もちろん、麻梨の声も……。

星井は時計を見た。この時季の日の出は5時半くらいだ。夜明けにはまだ間がある。日が昇ってしばらく経ったら、また声が響きはじめる。

シマウマさん、がんばって。

走れ、シマウマ！

子供たちのそんな声が飛びだしたら、走ればいい。それまでは、せめて腕を振って歩いて、体力を温存しておくことにした。

ほかにも歩いているランナーがいた。不思議な縁で道行きになった者とランニング談義をしているときは、いくらか気が紛れた。しかし、また一人になると、闇の深さが身にしみた。

麻梨も果梨も、あの闇の向こうにいる。冥い国にいる。

また日が昇っても、懐かしい影が現れることはない。

目の前に姿を現してはくれない。


そう思うと、視野がまた少しずつぼやけはじめた。

端のほうがにじんだ絵のような風景の中を、星井は歩いた。

疲れと眠気のせいで、現実感が徐々に薄れてきた。いやと言うほど周回している見慣れた場所なのに、何がなしにたたずまいが違って見えた。

深夜の無人の球場では、静かな祝祭が行われているような気がした。白い仮面をかぶった者たちが緩慢に踊っている。塔のようなものの周りを、手足をゆっくりと動かしながら回っている。意味のわからないその祝祭は、夜が明けるまで続く。

競技場の外壁はいまにも崩れそうに見えた。だれかがほんの少し指を触れただけで、堅牢に見えた壁はいともたやすくひび割れて崩壊してしまう。

星井は少し足を速め、競技場の横を通り過ぎた。ほどなく、右手が小学校のグラウンドになった。

今度は幻聴が聞こえた。

聞こえるはずのない声が響いてきた。

パパ……。

麻梨の声だった。

星井は立ち止まり、グラウンドのほうを見た。そこにいるはずのない影をこの目で見ようとした。

パパ……。

今度は果梨がささやいた。

声は記憶に残っている。死んでしまった妻と娘は、生前と同じ声を響かせる。まだ生きているかのようにささやく。

夜のグラウンドにはだれもいない。いるはずがない。

この春から、麻梨は幼稚園へ行くはずだった。「ほしい　まりん」と書いた名札はできていた。麻梨は「おゆうぎをしてあそぶ」と言った。

幼稚園の次は小学校だ。「パパと一緒に運動会に出ようね」と言うと、娘は元気よく「うん」と答えた。

それから、二人三脚の練習をした。まだ麻梨が小さすぎて、ちっとも足がそろわなかった。その様子を見て、果梨は笑い転げていた。

そんなささいなことが次々に思い出されてきて、視野がなおさらかすんだ。

小さな影がいるように見えた。だれもいない、いるはずがない夜の小学校のグラウンドで、影たちが走っている。運動会をしている。大きくなれなかった子供たちの影が、闇にまぎれて走っている。


麻梨……。


闇の芯に向かって、星井は声をかけた。

返事はない。あるはずがない。

その代わり、面影が立ち現れてきた。娘が生きていたころのさまざまな面影が、鮮やかに甦ってきた。

娘が小さいころ、星井は絵本を読んだ。まだしゃべれないころから、何冊も買って読んであげた。麻梨は子猫のように爪で絵本を引っかいて遊んでいた。そのカリカリという音が、いまもついそこで響いているかのようだった。

お風呂に入れるたびに童謡を歌った。体が温まるようにと、歌を一曲歌ってから果梨を呼んで預けた。

麻梨が好きだったのは、「手もちぶたさんのうた」だった。

待ち合わせの人が　こないときは
ぶたさんのぬいぐるみを
おててにさげると　いいんだよ
ぶたさん　ぶたさん　ゆーらゆら
手もちぶたさん　ゆーらゆら
おててにぶたさん　さげたなら
かわいいあの子は　きっとくる
ほら　ゆーらゆら

「ゆーらゆら」と歌いながら、湯船の中で麻梨を揺らした。あの感触が、まだうっすらと、星井の手の中に残っていた。

麻梨は立っている。夜のグラウンドに立っている。

手にさげているのは、小さなぶたのぬいぐるみだ。四つになった誕生日に、服などと一緒に買ってあげた。とほんとした目のぶたのぬいぐるみを、麻梨はとても気に入ってくれた。

麻梨は「手もちぶたさん」に話しかけていた。

おはよう、と言い、おやすみ、と言った。

夜は一緒に寝ていた。幼稚園に持っていくと言った。瞳《ひとみ》を輝かせて、麻梨は幼稚園のことを話した。一日も通えなかった幼稚園のことを話した。

ぶたのぬいぐるみはお棺に入れた。麻梨が寂しいだろうと思って、手に握らせた。

娘の指は冷たかった。星井の手を握り返してはくれなかった。

麻梨は立っている。夜の小学校のグラウンドに立っている。小さなぶたのぬいぐるみを提げて立っている。その声が聞こえる。


パパ……。


そのかたわらには果梨がいる。春からは毎日、幼稚園の送り迎えをすると言って張り切っていた妻がいる。娘のそばに寄り添っている。

星井は首を振った。

うしろからランナーの集団が走り去っていく。まるで時間のように通り過ぎる。

もう過去へ戻ることはできない。白線は前にしか続いていない。

グラウンドから目をそらし、星井はまた歩きはじめた。遠くにぼんやりと見える桜の木に向かって、孤《ひと》りの道を歩いていった。

＊

ベンチは無人だった。前に座っていた、あのベンチだ。

沿道には猫が一匹座っていた。不思議そうに星井のほうを見ている。

あれから、野良猫を見るたびに立ち止まるくせがついた。じっと星井を見ている猫がいれば、ときにはこう呼びかけた。

「麻梨か？」

むろん、返事はなかった。あるはずがない。死んでしまった娘が猫に生まれ変わって帰ってくるはずがない。

「猫や」

風変わりな縞模様《しまもよう》のある猫に向かって、星井は言った。猫は短く「みゃ」と答えた。

「元気でね」

星井は軽く手を振って立ち去った。猫は相変わらず、不思議そうに見ていた。

桜の木の下を通った。シマウマの首に花びらが降りかかる。いくつもいくつも降りかかる。

動物園に続く短い坂の上に、係員が座っていた。

「あと8時間を切りました。がんばってください」

初老の係員が励ます。

「ご苦労様です」

星井は片手を挙げて通り過ぎた。

坂を下る。白線の上を歩きながら、ゆっくりと下る。

動物たちの鳴き声が聞こえてきた。その物悲しい声は、どこか遠いところから星井の耳に届いた。

そればかりではない。またしても、声が聞こえた。娘の声が聞こえた。


パパ……。


星井は瞬きをした。

散って流れてきた花びらが、風に吹かれて、ふ、ふ、と揺れる。

だが、揺れているのは花びらだけではなかった。足元の白線も揺れていた。ふるえるように揺れ、だしぬけに二つに分かれた。白線は、二本になった。

あとから現れた白線のほうが細かった。それはうっすらと濡れているように見えた。

細いほうの白線は動物園に続いていた。施錠されているはずの裏扉が、わずかに光りさざめきながら、いま、静かに開く。

パパ……。


声はその向こうから響いていた。

星井は吸いこまれるように動物園に足を踏み入れた。まぼろしの扉が、うしろで閉まった。

星井は前方を見た。「ポニーのふれあいひろば」を見た。

そこに、いた。

麻梨がポニーに乗っていた。

手綱《たづな》をとっているのは、果梨だ。

この世にはあらぬ馬は、燐光《りんこう》めく青い光をうっすらとまとっていた。

「おかえりなさい」

と、果梨は言った。

生きていたときと同じ声で、同じ表情で、言った。

「ただいま」

　星井は答えた。

　ほかには言葉にならなかった。それしか言えなかった。

「パパにごあいさつは？」

　果梨が笑顔で娘を見る。

「パパ、おかえり」

　ポニーに乗った麻梨が言った。

「ああ……ただいま」

　シマウマの首を外し、星井は妻と娘に近づいた。

「いい子にしてたか？」

「うん」

「寂しくなかったか？」

「ママと遊んでた」

「そうか」

「でも……」

　麻梨の顔が動いた。

　動くたびに輪郭がふっと揺らぐ。影が二重になる。

「それは言わない約束でしょ」

果梨が穏やかに言った。

「うん」

「いい子ね」

娘が何を言おうとしたのかわかった。


でも……パパがいない。

だから、寂しい。


そう言おうとしたのだと思い当たると、なおさら胸が詰まった。何も言えなくなった。

「ごめんなさい」

代わりに、果梨が言った。

「こんなことになってしまって……」

星井は右手を差し出した。

きみが謝ることはない。

ぼくが悪い。

その場にいなかったぼくが悪い。

そんな思いをこめて、星井は妻に向かって手を伸ばした。

少し迷ってから、果梨も右手を差し出した。

手と手が重なった。

だが、感触はなかった。温かさも感じなかった。星井の手は、果梨の手をスーッと通り抜けた。こんなに近くにいるのに、触れることができない。

「ごめんなさい」

妻は寂しそうに笑った。

風が通り抜けていく。

ここにも風は吹く。桜の花びらを交えた風が吹いている。

「パパ、おうまさん」

ポニーの背から、麻梨が言った。

栗毛の小さな馬だ。たてがみとしっぽの先だけが白い。

「ああ……おうまさんだね」

「パパに引っ張ってもらいなさい」

果梨が手綱を渡そうとした。

ポニーが首を向ける。この世のものではないあかしに、馬の目は白かった。それでも、優しい目をしていた。

「パパ、早く」

麻梨が急かせる。

「ああ」

シマウマの首を足元に置くと、星井は手綱をつかんだ。

それは握ることができた。通常の物よりずいぶん柔らかいが、握って動かすことができた。

ポニーが動きだした。

「おうまさん、パッカパッカ」

「そうだね、パッカパッカ」

円形の広場には一本のもみの木が植わっていた。まだ若い木だ。

その周りを、ゆっくりと回る。死んでしまった娘を馬の背に乗せて、同じところを回り続ける。

「しっかりつかまってるのよ、まりんちゃん」

果梨が言った。

広場の入口で見守っている。

「うん、ママ」

「落ちたら痛い痛いだからね」

「うん」

　本当は痛くない。

もう、痛くない。

「おうまさん、楽しいね、まりん」

「パッカパッカ。おうまさん、パッカパッカ」

　麻梨は上機嫌でポニーの首をたたいた。

「前にも乗ったね、ここで」

「うん、おねえちゃんと乗った」

「乗せてくれたね。動物園のおねえちゃんが」

　よく憶えている。

　最初にここへ来たとき、麻梨はまだ小さかった。ベビーカーに乗っていた。立って歩けない娘をだっこして、ポニーを見せた。麻梨は不思議そうに見ていた。

「まりんちゃん、もっと大きくならないと乗れないね」

「大きくなったら乗ろうね、おうまさん」

　二人はそう言って、ほかの動物や鳥などを見て帰った。

次に来たときは、片言をしゃべれるようになっていた。歩くこともできた。

百円を払い、ポニーに乗せてもらった。最初は微妙な顔つきだった麻梨だが、途中から笑顔になった。係員が誘導する馬の背で、楽しそうに揺れていた。

「まりん、笑って」

「おうまさん、気持ちいいね」

娘の姿は写真とビデオに撮った。

星井は何度も観た。あの時のビデオを繰り返し再生した。

かえってつらくなってしまう。それはわかっていても、観ずにはいられなかった。

そこには麻梨がいた。星井に笑顔を向けていた。しゃべっていた。

ビデオはいつも、何度観ても、同じところで途切れた。もう続きがなかった。

「大きくなったら、一人で乗れるね」

昔ここで、星井は言った。

「うん」

麻梨は元気よくうなずいた。

その麻梨は、少しだけ違った姿で、いまここにいる。まぼろしのポニーの背で揺られている。

「パッカパッカ……」

「おうまさん、パッカパッカ」

麻梨の影も揺れる。

こんなに近いのに、ここにいるのに、もうこの世のものではなくなってしまった娘の影……その輪郭が、ふっ、ふっと揺れる。

おかげで、大きくなったように見えた。しばらく見ないうちに、ほんの少し、娘は成長したように見えた。

「おうまさん、かわいいね」

「うん、パッカパッカ……」

「パッカパッカ……」

もみの木の周りを、ポニーはゆっくりと回る。

「ママー」

麻梨が手を振る。

「いいわね、パパに引っ張ってもらって」

果梨も笑顔で応える。

ああ、そうだった、と星井は思う。

高い高いをしたり、肩車をしたり、馬になったりするたびに、果梨は「いいわね、パパに××してもらって」と言った。

あの「日常」が戻ってきた。ここにあった。夜の動物園の、「ポニーのふれあいひろば」でだけは続いていた。

「足、痛くないか？」

星井はたずねた。

「うん」

「楽しいか？」

「うん、パパと一緒だから」

そうだ、一緒だ。

パパは、ここにいる。

おまえの、そばにいる。

「まりん、だっこしてあげようか」

星井は言った。

「うん、だっこ」

娘は答えた。

手綱を引くと、ポニーはおとなしく止まった。

「気をつけて」

「ああ」

手綱を放し、娘のほうへ両手を伸ばす。

「さあ、パパのところへおいで」

「うん」

麻梨のわきの下に手をやり、体を支えて抱き寄せた。

胸に抱いた娘は、軽かった。産院で初めて抱いたときよりも軽かった。

それでも、手ごたえがあった。幽《かす》かな手ごたえがあるような気がした。

魂の、重さだ。

そう思った瞬間、星井の中で何かが弾けた。

「パパ」

と、麻梨は言った。

「泣かないで、パパ」

星井はうなずいた。

言葉にはならなかった。

果梨も同じだった。肩のあたりが小刻みにふるえていた。

「パパ、でんしゃ」

麻梨が指さした。

動物園の一角には、ささやかな遊具コーナーがあった。電車、機関車、スクールバス、スクーター、消防車、食べ物の販売車——親子が二人で乗れるものがとりどりに並んでいる。

「パパに乗せてもらいなさい、まりん」

涙をぬぐって、果梨が言った。

「うん、でんしゃに乗る」

「ああ、乗ろうね」

娘を抱いたまま、星井は遊具コーナーに歩み寄った。

「あっ」

麻梨が声をあげた。

コインを入れていないのに、電車が光った。空色の電車のライトが光り、点滅する。夢のように……思い出のように光る。

「パパ、早く早く」

「ああ」

星井は運転席に麻梨を座らせた。

隣に座ると、ベルが鳴った。発車のベルが鳴り、電車はゆっくりと動きだした。チンチン、チンチン、と音を立てて動く。

「電車、いっぱい乗ろうね」

果梨が言った。

「うん、パパとでんしゃ乗る」

星井は思い出した。

お出かけに慣れさせるために、初めて電車に乗った。最初は不審そうにきょろきょろあたりを見ていた麻梨だが、二駅目に知らないおじさんに声をかけられたとたんに火がついたように泣きだした。

その後も、いろんなところへ行った。電車に乗って、家族で出かけた。もっと大きな動物園に行った。水族館にも行った。

近場だが、泊まりがけの旅行もした。お正月には田舎へ帰省した。おじいちゃんも、おばあちゃんも、「大きくなった、大きくなった」と言って喜んでくれた。

お洋服をいっぱいもらった。読みきれないほどの絵本をもらった。お礼にたくさん写真を撮って送った。そのなかの一枚が、遺影になった。

「ガタコン、ガタコン、でんしゃ、でんしゃ」

娘ははしゃいでいる。手当たり次第にボタンを押している。そのたびにベルやブザーが鳴る。

「まりん、電車好きか?」

うしろの座席から、星井は声をかけた。一人座ればいっぱいになる席だ。

「うん、好き」

「鉄子さんになっちゃうよ、将来」

果梨が言う。

「日本じゅう、旅行して……」

星井は前方を見た。

そこにレールはなかった。前へずっと続いていくはずのレールは、なかった。

「ほかのも乗る」

麻梨が言った。

「ああ、乗せてあげよう」

「よかったね、乗り放題で。ここへ来たら、いくらでも遊べるね」

「うん、ママ」

今度はスクールバスに乗せた。

運転席の隣にはウサギ、座席にはクマがいる。

「こんど、パパ、うんてん」

「ああ」

狭い座席に、星井はどうにか座った。

ボタンを押すと、スクールバスは動きはじめた。

「プップー、プップー……」

「バス、ようちえん、行く?」

無邪気な声で、麻梨がたずねる。

「ああ、行くよ」

やがて、バスは着く。麻梨が一日も通えなかった幼稚園に着く。

「おゆうぎしようね」

果梨が言った。

「うん」

星井はブザーを鳴らした。

もう障害物はない。このスクールバスは幼稚園に着く。娘があれほど楽しみにしていた幼稚園に、きっと着く。

「プップー、プップー……」

「プップー、プップー。パパのバス、プップー……」

幼稚園だけじゃない。小学校にも、中学校にも着く。

ありえたかもしれない未来に向かって、闇の中を、スクールバスは走っていく。

たった一人の娘を乗せて。

R

17時間経過
残り7時間（午前5時）

「う、う～ん……」

麻友がうめき声をあげた。

「ん、お目覚めかな？」

「まだ、あのままかしら」

「目を開けないとわからないな」

ジョギング愛好会のメンバーが心配そうに見守っている。

たすきを渡し、翔の胸に倒れこんだ麻友は、それきり意識を回復しなかった。

事情を知る由もない係員はあわてた。ただちにＡＥＤが持ち出されたが、心臓には問題がないようだった。

麻友は救護班に運ばれ、待機していた医師の診察を受けた。酸素吸入も受けた。それでも目を覚まそうとしなかった。

ただし、脈拍はほどなく正常に戻った。疲労と睡眠不足で昏睡《こんすい》しただけで、重大な事態ではないと医師は判断した。

とりあえず、テントで寝かせておくことにした。目を覚ましたとき、記憶が残っているかどうかはわからないが、とにかく休ませることが先決だ。

洋介が寝袋を譲り、みんなで麻友を持ち上げて中に入れた。それからずいぶん経ったが、助っ人はまだ目を開けない。

「まさか、このままずっと目を覚まさないとか……」

マックスが腕組みをした。

「さんざん心配させて、けろっとした顔で起きるんじゃないかしら」

かやのが言う。

「それにもう一票」

美瑠璃が手を挙げた。

翔が無言で立ち上がり、テントを出ていった。足をひきずっている。

「何か思い出したかな」

かやのが微妙な口調で言った。

「あ、そうか。悪いことしたかも」

マックスは翔が出ていった方向を見た。

「背中が、物語ってたな」

洋介も同じほうを見た。

「足もね」

かやのがふくらはぎをたたいた。

麻友からたすきを受け取り、テントまで運び終えた翔は、自ら志願してレースに戻った。たとえ1周だけでも、足が折れても、このたすきはおれがつなぐ、と言い張って譲らなかった。

翔の気持ちは痛いほどわかった。メンバーはそのまま送り出した。

ずいぶん経って、翔は片足を引きずりながら戻ってきた。痛めたところをさらに悪化させてしまったらしい。

「た、た……」

麻友の唇が動いた。

「た、何？」

かやのが耳を近づける。

「たぬきうどん？」

と、マックス。

「どうしてたぬきうどんなのよ」

「いや、なんとなく。おなかすいたし」

「こんなに食べといて。ねえ」

美瑠璃がジャンボどら焼きの箱に向かって言った。

「走ったからおなかが減ったんだよ」

「走ったから、かあ」

洋介が首をかしげたとき、また麻友が寝言を言った。

「た……たすき」

今度は、はっきりと聞き取ることができた。

「いまのは、たしかに麻友ちゃんの声だったみたい」

「とすると、覚醒は近いか」

「あ、夜明けも近いような気が」

マックスがテントを少し開けた。

「ほんとだ。シルエットがちょっとくっきりしてきた」

美瑠璃が瞬きをする。

「朝だから、カヤノ選手はマイ・タイムだよね。夜と違って」

「うん、まあ、いつの間にか眠くなくなってきた」

「じゃあ、ケンタロウはピットに戻して……あとはカヤノが独走」

洋介はさらっと言った。キャプテンの体も、あちこちが悲鳴をあげている。いま走っている（歩いている）健太郎は、腰に大きな湿布を貼ったままだ。もうそろそろ限界だろう。

「卒業レースなんだから、もうひとがんばりしてもらわないと」

「キャプテン次第ですよ、表彰台は」

「表彰台か……ちょっと200キロは無理じゃないか？」

「だから、キャプテンのがんばり次第。まだ射程距離に入ってます」

「うう、わかったよ。走るよ」

メンバーに圧《お》されて、洋介は折れた。

そこでまた麻友がうめいたが、今度は言葉にならなかった。

「じゃあ、あと1時間くらいなら」

かやのがそう言って立ち上がった。

「おお、それは心強い。じゃ、それまでにマッサージを受けて、万全……に近い状態でたすきをつなごう」

キャプテンの顔に戻って、洋介は言った。

「そうこなくちゃ」

「カヤノの言うとおりだ。卒業レースだからな」

外がまた少し明るくなった。

ひとたび陽が昇れば、あっと言う間に世界は明るくなる。朝になり、人々が群れをなして動き出す。

そして、昼になる。

正午、24耐はフィナーレを迎える。それと同時に、長いようで短かった学生生活も終わる。桜の花が散るように、ここで終わってしまう。


卒業レースが終われば、一人だけ逆方向の列車に乗る。

じゃあな、とみんなに、そして、かやのに手を振って、ぼくは故郷に帰っていく。

そこにはもうレールが敷かれている。これから走っていくコースがある。

だから……。


いましかない、と洋介は思った。

人にはみな、特別なレースがある。

今日もそうだ。卒業レースは、あと7時間しかない。

「た、たすき……」

麻友がまた口走った。

「大丈夫、大丈夫。もう渡ってるから」

マックスがなだめる。

「ショウに渡したからね」

かやのがそう言うと、麻友はわずかにうなずいた。

「よっぽど走りたかったのかな、たすきをかけて」

「二本、作りましたからね」

「でも、そのうちの一本は……」

「たすきをつなぎたくても……」

洋介はそこで言葉を切り、ジャンボどら焼きの箱のほうを見た。そこに飾られているものを見た。

また外が明るくなった。だれかが刷毛《はけ》で薄い絵の具を塗っているかのように、徐々に世界が朝に染まっていく。

「ああ、おなかすいた。ちょっと失礼」

微妙な空気を察知したのかどうか、マックスがまたジャンボどら焼きに手を伸ばした。

箱の蓋《ふた》が開く。

かさり、と音が響いた。

＊

「ホットコーヒーを」

販売車まで足を引きずりながら歩き、翔はオーダーした。

「はい。一つで?」

見るからに眠そうな販売員がたずねる。

「ええ……いや、二つ」

迷ってから、翔は答えた。

ほとんど眠っていないので、もちろん眠い。それでも、頭の芯だけは妙に冴えていた。

コーヒーを待っているあいだにも、夜は明けていった。ついいましがたまで闇に沈んでいた公園の森の輪郭が、少しずつ鮮明になっていく。

陽はまた昇る。

日に一度、必ず昇る。

だれかが死んだ翌日にも、律義に昇り、この世界を照らす。

陽はまた昇る。

たとえこの世界にだれもいなくなっても、必ず昇る。

人がいなくなった世界をしみじみと照らす。

両手にコップを持って、翔はゆっくりと歩いた。

ああ、そうだった、と思い出す。

飲み物はいろいろだが、こうして運んだ。場所は湘南の海辺だったり、都会のレストランだったりした。そのときはまったく気にも留めなかったささいな動きが、いまは懐かしく思い出されてくる。

メンバーが待つテントに戻る気分ではなかった。夜露に濡れた草の上に、翔はゆっくりと腰を下ろした。曲げると痛いから、片方の脚を投げ出す。

そうこうしているうちにも、世界は朝の光に染められていった。切り絵のようだった樹木の形がくっきりと定まり、緑がおもむろに甦ったかと思うと、森の彼方から最初の陽光が差しこんできた。

目を細くして、翔はその光景を見た。

片方のコップを口元に運ぶ。コーヒーにはミルクも砂糖も入れなかった。ブラックで飲みたかった。

もう片方は、草の上に置いた。倒れないように、慎重に置いた。それは、ささやかな墓標のように見えた。

花びらが流れてくる。風に乗って、ここにも流れてくる。

朝の光は、恩寵《おんちょう》めいて、そのほのかな赤も甦らせた。

草の上に置かれたコップに向かって、虫が一匹進んでいる。その弱々しい動きをじっと眺めながら、翔は冷えた体に温かい飲み物を流していった。

*

麻友は走っていた。

夢の中で走っていた。

もう一度、たすきを受け取らなければならない。


どこ?

どこにいるの?


ずいぶん前から、森の中をさまよっている。

白線を頼りに走っていたのだが、いつの間にか途切れてしまった。どこを走っているのかわからない。

たすきはいったん次のランナーに渡した。それから、森の中で待っていた。帰ってくるのを待っていた。

でも、いくら経っても戻ってこない。業を煮やした麻友は走りだした。闇に包まれた森の中を走りはじめた。

何やってるんだろう、あたし。

こんなところをいくら走っても記録にならないのに……。

そう思いながらしばらく走っているうち、坂道を見つけた。いままで見たことのない道だ。

白線が見えた。一度見失った白い線が、ゆっくりと弧を描きながら坂の上へと続いていた。

桜の花びらが流れている。この坂を上れば、丘に着く。そこではきれいな桜が咲いている。満開の桜が咲いている。

麻友はたすきのことを忘れた。白線が見える。だれかが通ったあかしに、それは幽かに光っていた。

休もう。あそこまで走って休もう。

まぼろしの丘に向かって、麻友は走りだした。
そのとき、声が響いた。
うしろから、呼び止める声がした。

待って……。

麻友は立ち止まった。
振り向くと、濃い闇の中に人影が見えた。
あえかな光をまとったランナーの姿が見えた。

行っちゃだめ。
そこは、だめ。

声が響く。
ほどなく、ランナーの姿が大きくなった。独特のフォームで駆け寄ってくる。おばあさんが糸巻きをするような腕の振り方だ。

顔が見えた。麻友がたすきを渡したランナーだった。

間に合った。よかった……。


麻友からほんの数歩のところで、ランナーは止まった。

「たすきは?」

麻友はたずねた。

森の中が、ほんのりと明るくなった。

朝だ。

朝の光が差しこんできた。

「渡したよ。ありがとう」

ランナーは微笑を浮かべた。

だが、よく目を凝らすと、その肩にはもう一本たすきがかかっていた。チームのたすきと同じオレンジ色だ。ただし、ぼんやりとかすんでいて、幅も狭かった。

「それは?」

麻友はたすきを指さした。

「これは……わたしのたすき」

ランナーは細いたすきに触った。

「あなたの?」

「そう」

感慨深げにたすきを見る。

そこには字が書いてあった。筆跡は、さまざまだ。

森の中がまた少し明るくなった。

ふと見ると、あの道が消えていた。丘の上へ続く道は、もうどこにもなかった。白線も見えない。

「これで、いい」

ランナーは微笑を浮かべた。

「わたし、走ったから……走れたから。たすきをかけて」

「じゃあ、そのたすきは?」

麻友はたずねた。

「これは、わたしのたすき。わたしだけの、大事なたすき」

ランナーはそう言って、いとおしそうにたすきに触った。

たすきが揺れる。幽かに光を帯びた細いものが揺れる。

字が見えた。

走り続けろ。

このたすきをかけて。


そう読み取ることができた。

小鳥が囀《さえず》っている。散歩をする人の影が遠くに見えた。

「そろそろ、行かなくちゃ」

ランナーが言った。

胸にも背にもゼッケンはない。それでも、ランナーに違いなかった。自分だけのたすきをかけたランナーだ。

「うん、元気でね」

「ありがとう」

ランナーは手を差し出した。

麻友も伸ばした。

ほんの少し、風がほおをなでるような感触があった。

それで、握手が終わった。

「じゃあね」

ランナーが手を振った。

「気をつけて」

「うん」

走っていく。

たすきを揺らして、おばあさんが糸巻きをするフォームで、森の奥へ消えていく。

花が降りしきる。

桜の花が降りしきる。

うつつの花、まぼろしの花、とりどりの花が渦巻いて、ランナーのうしろ姿を隠していく。

「またね」

麻友は手を振った。

ランナーは一度だけ振り向いた。

笑ったように見えた。

花から光へ、渦の流れが変わった。

麻友は目を細くした。

鳥の囀りが変わる。人の声になる。

世界がさらに明るくなった。

S
18時間経過
残り6時間（午前6時）

「お目覚めですか？」

マックスが覗きこんでいた。

「ここは？」

麻友は瞬きをした。

「テントよ、ジョギング愛好会の」

かやのがそう言って額の汗をぬぐった。

健太郎からたすきをつなぎ、ずいぶん走っていま洋介に渡してきたばかりだ。

「えっ、そうすると……」

ゆっくりと起き上がり、麻友はテントの中を見渡した。

「よく寝てた。夢の中で走ってたみたい」

美瑠璃が言う。

「ほんとだ。いつの間にか、朝になってる」

麻友はもう一度瞬きをした。

「たすきは渡した？」

マックスが訊く。

「たすき？」

「そう、『たすき、たすき』って、寝言を言ってたけど」

「あっ、そう言えば……」

麻友は胸のあたりに手をやった。

かけていたはずのたすきがない。

「大丈夫よ」

かやのが笑う。

「この人にちゃんと渡したから」

目で示した先で、テントに戻ってきた翔が寝ていた。もう一人、健太郎も寝息を立てている。ふるえるような寒さは和らぎ、ようやくテントの中でも眠れるようになった。

テントを共有している羽石家の両親は朝食に出ていた。始発で到着してジョギング愛好会にも差し入れをし、散歩がてら1周ずつ走った。いまはまた息子のトライアスリートがたすきをつないでいる。

「あ、そうか。あたしが寝てるあいだに……」

麻友はやっと腑に落ちたような顔つきになった。

「そう。わがジョギング愛好会はその後順調にたすきをつなぎ、マックス選手を筆頭に目覚ましい健闘ぶりを示し、一躍トップに躍り出たのだよ」

「はいはい」

美瑠璃が合いの手を入れた。

「そうかあ……あ、マックスの顔見てたら、なんだかおなかすいてきた」

「どうぞ、どうぞ。まだ在庫がございますよ」

マックスはジャンボどら焼きの箱を手で示した。

そちらのほうを見たとき、麻友はだしぬけに思い出した。

夢の記憶が甦ってきた。


そうだ。

たすきを渡した……。


夜が明け、世界が光に包まれるように、夢の記憶は鮮明になっていった。

森の中での出来事、ランナーと交わした言葉――一つずつ、くっきりと定まっていく。夢だったはずなのに、それはいやに真に迫っていた。


さよならを言った。

たしかに、この人に会った。

「またね」と言って、手を振った。


麻友は微笑を浮かべた。

そして、ランナーの顔を見た。

テントの中に、そのランナーはいた。ジョギング愛好会のTシャツを着て、笑みを浮かべていた。

だが、そのVサインが動くことはなかった。

そこに飾られていたのは、北橋亜季の遺影だった。

*

湘南24耐に出場しよう。

亜季の発病を知ったとき、ジョギング愛好会のメンバーはそう決めた。難しいことはわかっていた。亜季が罹《かか》ってしまったのは、きわめて進行の早い血液のガンだった。恋人だった翔ばかりではない。メンバーのだれもが声をなくした。

それでも亜季は気丈にふるまっていた。笑みを絶やすこともなかった。亜季はそういう娘だった。

どうすることもできなかった。それでも、一縷《いちる》の望みを託したかった。何かしてやりたかった。

キャプテンの洋介の発案で、湘南24耐に出場することを決めた。早々と申しこみ、メンバー表を作った。そこには、もちろん「北橋亜季」の名前もあった。

だから、メンバー表の紙は新しくなかった。真新しいものが用意されるのが普通なのに、なぜかその紙は少し古くなっていた。

「もうメンバーに入ってるから、亜季ちゃん」

「きっとよくなるって、これに出なきゃいけないんだから」

「頼りにしてるよ、亜季」

メンバー表を示して、みな口々に励ました。

思いをこめてなぞったメンバー表の「北橋亜季」の文字はいくらか太くなっていた。

そのときは、亜季もまだ希望を捨てていなかった。本当に出場するつもりでいた。

「わたし、病み上がりで出るから、歩くだけでいい？」

そんなことを言っていた。


それでいい。

歩かなくても、応援だけでもいい。

24時間、ずっといなくてもいい。ちょっと顔を見せるだけでいい。

元気な顔を見せてくれれば、それでいい。


みんな、心からそう思っていた。

だが……。

奇跡は起きなかった。

最後のほうは、亜季はメンバーに会おうとしなかった。病み衰《おとろ》えてしまった顔を見せたくないと言って泣いた。あんなに明るかった亜季が泣いた。

家族と翔にしか面会せず、亜季は病室で過ごした。もう手の施しようがなかった。

痛みを和らげるための治療しかできなかった。

そして、亜季は死んだ。

木枯らしが吹く日に、あっけなく逝ってしまった。

まだ22歳になったばかりだった。学生のまま、亜季は死んだ。この世界から足早に駆け去っていった。

葬儀の日、メンバーは最後のお別れをした。死に化粧が施された亜季はきれいだった。穏やかな微笑を浮かべているように見えた。

棺にはたすきを入れた。レースで使うたすきとは別に、もう一本用意した。みんなでそこに寄せ書きをした。オレンジ色のたすきに、さまざまな筆跡の文字が記された。

走り続けろ。
このたすきをかけて。

翔が書いた字は、少しにじんでいた。

メンバーの変更はされなかった。亜季は死んでしまったけれども、まだそこにいるような気がした。その名前を消すのは、あまりにも忍びなかった。新しいメンバー表を作り直す気にはなれなかった。

人にはみな走る理由がある。

チームにも、出場する理由がある。思いがある。

亜季のために、亜季を励ますために、出場を決めたレースだ。

亜季の代わりはいないない。

「ケガをしたら仕方ないけど、ずっとこのメンバーでいく。変更しない。代わりはいないから」

あるとき、メンバー表を見ながら、洋介は言った。なんとも言えない表情で、翔はうなずいた。

そのメンバー表が、ここにある。

[湘南国際大学ジョギング愛好会『湘南24耐』メンバー予定表]

高尾洋介（一走）

溝ノ口かやの（二走）

金山マックス（三走）

南美瑠璃（四走）

北橋亜季（五走）

村松翔（六走）

中戸川健太郎（七走）

それぞれのメンバーの下に、周回数が「正」の字で記されている。北橋亜季の欄外には、もちろん何も記されていなかった。

それでも、亜季は参加していた。テントの中で見守っていた。

遺影を持ちこんだものの、飾る場所までは考えていなかった。むろん、テントに祭壇のたぐいはない。

そこで、とりあえずマックスが持ってきたジャンボどら焼きの箱に立てかけておいた。メンバーや麻友は、何度もどら焼きの箱のほうを見た。そこには亜季の遺影があった。髪をオレンジのリボンで束ね、笑顔でVサインを送る亜季が見守っていた。

「そっちの助っ人はコジンの部ね」

と、かやのは言った。あれは「個人」と「故人」をさりげなく掛けていた。

亜季の遺影をきっかけに、テントを共有する羽石家の人々と交流が生まれた。うちもお祖父さんが去年の暮れに亡くなったという話になった。

ジョギング愛好会は温泉合宿をする予定でいた。もちろん、亜季を交えてだ。その死によって、計画は白紙になった。

遺影をテントに持ちこむだけではない。メンバーはほかにも案を出した。

採用されたのは、実際に亜季を走らせるというアイデアだった。メンバーのだれかが亜季に扮して走る。そのランナーに向かって、「亜季、がんばれ！」と声援を送る。

そうすれば、走っているように見える。

このレースに出るつもりでいた亜季が走っているように見える。

亜季は奇跡的に回復し、元気で走っている……。

最初に亜季に扮したのは、南美瑠璃だった。

生前の亜季と同じように、美瑠璃は髪をオレンジのリボンで束ねて走った。実際に走っていたのは、あくまでも元スプリンターの美瑠璃だった。１周４００メートルのトラックの残りが半周になると、高校時代は２００メートルの選手だった美瑠璃はつい習性で体が動き、無駄なスパートをかけていた。

もともと単距離向きで、スタミナはない。序盤の無理がたたり、６時間で電池が切れた初代亜季の美瑠璃は、ひざを痛めてあっけなくリタイアした。

二代目の亜季として白羽の矢が立ったのは、マックスにスカウトされてジョギング愛好会に加わった麻友だった。

亜季の遺影はいやでも目に入った。「あるべくしてあるもの」のなかに、ちょっと首をかしげるようなものがいくつか交じっていた。

あの遺影の主について、いきなりたずねるのもどうか。タイミングをみて訊いてみることにしよう。

そう思いながら、麻友はテントの中でかやののマッサージを受けていた。その目の動きを察したかやのは、自分から「気になります？」と切り出した。

じゃあ、新入会員なんだから、話してあげる——かやのは座り直し、遺影の主について語りはじめた。

こうして、麻友は亜季の話を聞き、亜季に扮することになった。

亜季、ファイト！

亜季、がんばれ。

「亜季」にかける声援が喪章の代わりだった。

メンバー全員が黒いリボンをつけて走るという案も当初はあった。しかし、ちょっと湿っぽすぎる。にぎやかなことが好きだった亜季にはふさわしくない。そこで、声援を喪章の代わりにした。

粋なことをしますね——仲間を練習中に亡くしたトライアスリートは、そう言って感心していた。

野球のチームの選手が不慮の事故や病気などで亡くなったときは、ダグアウトにユニフォームを飾ったりする。亜季の場合は、ジャンボどら焼きの箱に立てかけられた遺影と、メンバー表の名前がユニフォームの代わりだった。そのメンバー表に、「月岡麻友（助っ人）」の名前が追加された。

テントにはメンバーが何度も出入りする。夜には仮眠をとる。来る者がいれば、去る者がいる。

そのなかで、動かないのは亜季の遺影だけだった。

よく寝てた。三人でちっちゃい輪になってるみたいな格好で。

「宇宙人」の異名をとる麻友は、見たままのことを言った。

カヤノさん、ミルリちゃん……亜季さん、の三人。

麻友は指を折って答えた。

たしかに、三人とも眠っていた。だが、亜季だけは永遠の眠りだった。

そして、日付が変わった。

夜に怪しいものを見る体質の麻友の前に、もう一本の白線が現れた。心細いひとすじの白い線は、闇の芯へと続いていた。

行く手に影が見えた。

いやにぼんやりとした、いまにも消えそうな影が見えた。

た、す、き、を……

森の中で待っていたそのランナーに、麻友はたすきを渡した。

記憶はいったんそこでとぎれた。

*

「なるほど、そういうことだったのね」

感慨深げに、かやのが言った。

「どこまでが現実で、どこからが夢だったかわかんないんですけど」

思い出せるかぎりのことを、麻友は語り終えた。

「そういう体質だから、できたことよね。あたしがずっと走ってたら、絶対無理」

と、美瑠璃。

「まさに助っ人だなあ。それにしても、腰を抜かしそうになったよ。顔は麻友ちゃんなのに、亜季さんのフォームで走ってるんだから」

マックスは腕で糸巻きのポーズをとった。

「それはちっとも憶えてない」

「ほんとにびっくりした。思わず『えっ、うそ』って言っちゃったもん」

かやのはそう言って、ちらりと翔を見た。

寝息を立てている健太郎は間違いなく眠っているが、翔はどうか。背を向けているから、その表情まではうかがうことができなかった。

「真似なんかできるはずないってカヤノさんが言ったら、急に顔色が変わって……」

美瑠璃も翔を見る。

何が起きているのか、あのとき翔はだしぬけに悟った。

自分のほうへ走ってくるのは、助っ人の月岡麻友ではない。麻友が亜季の真似をしているのではない。そんなことができるはずがない。

翔がたすきを受け取ったのは、亜季だった。死んでしまった亜季が、あの懐かしい糸巻きの腕振りで走ってくる。

何度も一緒に走った。大学の構内ばかりではない。海辺も走った。大会にも出た。思い出は、たくさんあった。

腕の振りは何度も直せと言った。それだと絶対にスピードが出ない。こうやって前後に振るんだ、と翔は手本を示した。

わかったわ。

こうね。

亜季は素直に言われたとおりにした。

だが、しばらく経つと、またおばあさんの糸巻きに戻ってしまうのだった。翔は苦笑し、そのうち何も言わなくなった。

そんなこともあった。あんなこともあった。次々に思い出されてくる。

もっともっと、思い出が増えるはずだった。いろんなところへ二人で行こうと語り合っていた。

しかし、道の行く手に不意に斜線が引かれた。こちらと向こう、翔と亜季は二つの世界に引き裂かれてしまった。

でも、あのときは……。

亜季！

声にならない短い叫び声をあげると、翔は麻友に向かって、いや、麻友の体を借りた亜季のほうへ駆けだしていった。

翔は振り向かなかった。

痛めた足を引きずりながら、前へ、必死に走っていった。リレーゾーンを逆走し、あの懐かしい糸巻きの腕振りで走ってくるランナーに近づく。

そして、出迎えた。翔はたった一人で亜季を出迎えた。

たとえ1周だけでも、足が折れても、このたすきはおれがつなぐ。

翔はそう言い張って譲らなかった。

気持ちはわかった。痛いほどわかった。メンバーはもうだれも止めようとしなかった。

痛めた箇所をさらに悪化させ、ずいぶん時間をかけて競技場に戻った。次のランナーにたすきをつなぎ終えた翔は、麻友が眠っているテントで休んだ。

まさか、このままずっと目を覚まさないとか……。

マックスがそう言ったあと、翔は無言でテントを出ていった。

何か思い出したかな——かやのが微妙な口調で示唆したとおりだった。

翔は思い出してしまった。あの日の病室を。

それで最後になるとは思わなかった。明日も、あさっても、その次の日もあると思っていた。同じような一日が、永遠に続くような気がした。

だが、亜季はそれきり目を覚まさなかった。二度と目を開けてはくれなかった。

テントを出た翔は、販売車でホットコーヒーを二つ注文した。

両手にコップを持って、翔はゆっくりと歩いた。

こうして何度もコップを運んだ。亜季の分まで運んだ。場所は湘南の海辺だったり、都会のレストランだったりした。そのときはまったく気にも留めなかったささいな動きが、なんでもないことが、ひどく懐かしく思い出されてきた。

苦いコーヒーを飲みながら、翔は朝の最初の光を見た。もう片方のコップは、草の上に置いた。亜季のために買ったコップは、ささやかな墓標のように見えた。

陽はまた昇る。

日に一度、必ず昇る。

だれかが死んだ翌日にも、律義に昇り、この世界を照らす。

大切な人がいなくなってしまった世界を、朝の光はしみじみと照らしていた。

*

「脚は大丈夫か？　自力じゃなくても、走ったのはきみなんだから」

マックスがたずねた。

「うーん、ひざはそんなに怒ってないみたい。機嫌がよくもないけど」

麻友は左手でひざを押さえた。

右手にはジャンボどら焼きを持っている。半分くらい食べたのだが、まだずいぶん残っていた。

「みんなどこか痛めちゃったもんね」

と、かやの。

「あたし、最初にドミノの牌《はい》を倒しちゃったから」

美瑠璃が舌を出した。

「まあ、とにかく、優勝を狙うには実力不足でしたね」

マックスが言った。

「大食いならともかく」

かやのがどら焼きの箱を見る。

「食べる？　もうおなかいっぱい」

「食べ残しかよ」

「だって、もったいないじゃない、捨てたりしたら」

「わかったよ。宇宙人からのありがたい施し物をいただきましょう」

マックスは麻友からどら焼きを受け取り、大きな口を開けてほおばった。

そのとき、翔が大きな伸びをした。

「うーん……少しは寝たか」

そう言って、目をこすりながら半身を起こす。いかにもいま目を覚ましたかのようなしぐさだった。

「寝てましたよ」

マックスが声をかけた。

「ちょっと……顔を洗ってくる」

翔はそう言って立ち上がった。

痛めていないほうの足に体重をかけ、シューズを履く。

「行ってらっしゃい」

かやのの声に軽く手を挙げて応えると、翔はテントから出ていった。

人がいない方向へ、ゆっくりと歩く。

もう芝居をしなくてもよかった。寝ているふりをすることはない。泣いていることを悟られまいとする必要はない。

光に照らされた草の色が鮮やかだった。そこに亜季のカップはない。亜季の分まで飲んでしまった。

鳥の囀りが聞こえる。

どこへでも自由に飛んでいける鳥。

その姿を、翔はしばらくじっと見つめていた。

T

19時間経過
残り5時間（午前7時）

動物園はすっかり明るくなった。

星井はまだそこにいた。開演前の動物園で、妻と娘とともに過ごしていた。

乗れるものには乗ってしまった。消防車にも、食べ物の販売車にも乗った。

ＦＯＯＤと書かれた販売車では、星井がお客さんになった。

「まりん、ホットドッグをひとつください」

またシマウマの首をかぶって、星井は注文した。

「どうぞ、シマウマさん」

麻梨が品物を差し出すふりをする。

「おいくらですか？」

「十円」

「安いね」

「それじゃ損しちゃうよ、まりんちゃん」

「じゃあ、百円」

「百円ね」

星井はウエストポーチから百円硬貨を取り出し、小さな手のひらに乗せようとした。麻梨はほほえんだが、すぐあいまいな顔つきになった。

ああ、そうだった、と思う。

こんなに近いのに、そばにいるのに、娘はこの硬貨をつかめない。手に握ることができない。

「ごめん」

星井が謝ると、麻梨は首を横に振った。

果梨は何も言わなかった。輪郭が少し薄くなったポニーのほうを見ていた。肩のあたりがふるえていた。

夜明けのままごとは続いた。今度は麻梨がお客さんになった。娘が注文したのはハンバーグとおすしだった。

折にふれて、家族でファミリーレストランへ出かけた。回転寿司にも行った。何かいいことがあるたびに、ショッピングモールの回転寿司へ果梨の車で出かけた。

あの車はもうない。思い出が詰まった青い車——駐車場で見つけるたびにほっとしたあの車は、もうここにはない。

　麻梨が幼稚園に入ることが決まったときも、家族で回転寿司に行った。

「まりん、ちょっとだけ大人になったね」

「大人って、まだ子供よ」

「そうだけど、大人への階段を一段だけ上ったことになるじゃないか」

「まあそうだけど……」

　果梨とそんな会話をした。

「じゃあ、一歩だけ大人に近づいたお祝いに、これを食べてごらん」

　星井はわさびが入った寿司を娘に勧めた。

「うん」

　半分ほど食べた麻梨は、「うへぇ」という顔つきになった。

　あのときの顔が、ありありと甦ってきた。

　それればかりではない。ごくささいな出来事が、娘のさまざまな表情が、まぎれもなくここにあった生活の欠片《かけら》が……数珠《じゅず》つなぎになって次々に思い出されてきた。

「ごちそうさま」

　握り寿司を食べる真似をしてから、麻梨が言った。

「おいしかった？」

「うん」

「おなかいっぱいになった?」

果梨が訊く。

「うん、ママ」

「そうか。また食べに来ような」

「またね」

ままごとの時間は終わりに近づいていた。朝だ。

もうすぐ動物園の飼育係がやってくる。開園時間になると、子供づれがここを訪れる。よく似た家族が現れ、とりとめのない会話を交わし、笑い、去っていく。

「明るくなったね」

果梨が空を見上げた。

「ああ」

妻と娘の輪郭は薄くなっていた。闇の中ならよく見えていた表情が読み取りづらくなった。

それでも、星井の目には見えていた。

ここに、いる。

まだ、ここにいる。

影があいまいになってきたのは、果梨と麻梨だけではなかった。

青い燐光を放っていたポニーの影も、めっきり薄くなった。まもなく消える。見えなくなってしまう。

桜の花びらが流れてきた。

朝の光を受けて、闇に溶けていたほのかな赤が甦る。その色がかえって恨めしかった。

妻と娘の体が少しずつ薄くなっていく。もうすぐ消えてしまう。桜の花びらに色を奪われるように、透き通って消えてしまう。

「そろそろ……」

と、果梨が言った。

妻はそこで言葉に詰まった。さよならね、と口には出せないようだった。

「向こうへ……」

星井の言葉も、そこで途切れた。

ついていくわけにはいかないか。

きみと麻梨と一緒に暮らすわけにはいかないか。

どうすれば同じ姿になれる?

あの馬に乗れる?

きみたちがいなくなったあと、ぼくはたった一人で、この花が散っているだけの地上で……。


思いがあふれて、言葉にならなかった。

向こうへ……と、まぼろしのポニーがやってきた方向を指さすのが精一杯だった。

「だめよ」

果梨は寂しそうに笑った。

「まりんちゃん、おいで」

娘を呼ぶ。

「パパに、ばいばい、言いなさい」

そう言って、果梨は麻梨の細い手を引いた。

「ばいばい、するの?」

ちょっと不満そうに、麻梨は問い返した。

「うん。もう朝だからね」

入口のほうで人の気配がした。飼育係がほうきで掃除を始めている。

「まりん」

星井はシマウマの首を脱ぎ、その場にしゃがみこんだ。

目の高さが、娘と同じになった。

「いい子にしてるんだよ」

「うん」

「ママに心配かけちゃいけないよ」

「うん、いい子にしてる」

桜の花びらが降りかかる。ほおに触れたものを、星井はさっとつかんだ。

「あげる」

手を差し出した。

「髪に飾ってあげよう」

ひとひらのあえかなものは、虚空にとどまった。手を放しても、そこにあった。娘の髪に飾られていた。

「ありがとう、パパ」

「よかったね、まりんちゃん。じゃあ……」

果梨は娘の手を引いて、ポニーのほうへ歩きはじめた。

誕生日が来るたびに写真を撮った。スタジオできれいな衣装を着て撮影した。七五三のときも家族で記念撮影をした。

どんなに着飾った写真より、麻梨はきれいだった。桜の花びらを一枚だけ、だんだん透き通っていく髪に飾った娘はきれいだった。

「おうまさん」

麻梨は無邪気に言った。

「元気でね、まりん」

「うん」

果梨に支えられて、麻梨はポニーに乗った。

もうすぐ、お別れだ。

「また、応援に来てくれるかな?」

何かを断ち切るように軽く首を振ってから、星井はたずねた。

「ええ、また来年」

果梨はほほ笑んだ。

「じゃあ、元気で」

「あ、でも、夜じゃないとだめよ。昼間は無理だから」

「わかった」

「だから、無理してでも24時間の部に出てね」

「ああ」

星井は笑みを返した。

「パパ、がんばれ」

ポニーの背から、麻梨が言う。

「ああ、がんばるよ。パパは、夜になっても走り続ける」

「じゃ、体に気をつけて」

ポニーは歩きはじめた。

「おうまさん、パッカパッカ」

「いい子にしてるんだぞ、まりん」

「うん、元気でね、パパ」

「ばいばい」

「ばいばい」

星井は手を振った。

シマウマの首を左手で抱え、消えていく妻と娘に向かって大きく右手を振った。

「ばいばい……」

「ばいばい……」

また、会おう。
ここで会おう。
一年に一度、桜の季節は必ず巡ってくる。
大きくならなくてもいい。
いまのままでいい。
桜の花びらが舞う季節、ここで会おう。
そして、パパとままごとをしよう。
「ばいばい……」
娘が手を振った。
最後にその顔が見えた。
たしかに、見えた。

笑っていた。

U

20時間経過
残り4時間（午前8時）

会場には活気が戻っていた。

終盤にあたる二日目だけ、チームにスポット参戦する選手もいる。初日は6時間の部に出場し、今日は知り合いの応援に来ているランナーもいる。散歩がてら見物に来た市民も多い。湘南市の総合公園には少しずつ人影が増えていった。

そのなかで、ひっそりと去っていく者もいた。24耐の選手は、最後までコース上にいることを義務づけられていない。あくまでも24時間内にどれだけ周回できたか、何キロ走れたかを競うレースだ。もうこれ以上走れないと判断した場合は、RCチップを所定の場所に返却して帰ることができる。普通のマラソンならリタイア扱いになるが、失格にはならない。このあたりが時間走の特殊なところだった。

ただし、拍手を受けることはできない。係員から「お疲れさまでした」のひと言をもらって、一人寂しく帰路に就かなければならない。

ちなみに、この日、24耐のRCチップは一つだけ返却されなかった。その持ち主の名は、永井真那夫だった。

24耐の個人の選手は、終盤で明暗がくっきりと分かれる。早くもラストスパートをかけはじめる者もいれば、痛々しい姿で歩いている者もいる。長い仮眠から目覚めて朝食をとり、追いこみにかけるランナーもいる。夜どおし走り、睡魔との長い戦いを続けている者もいる。耐久レースの戦い方は人それぞれだった。

チーム走のほうも、ここからが勝負だ。優勝と表彰台をかけているチームは400キロの大台を目指す。平均的なチームは300キロを目標にする。

だが、もっと低いレベルでもがいているチームもあった。

＊

「そして、だれもいなくなった……ということになるかも」

途中経過の表を見ながら、健太郎がぽつりと言った。

「人ごとみたいに言うなよ」

と、マックス。

「それはお互いさまでしょう」

「まあ、たしかに。傷病兵まで投入してたすきをつないでるんだからなあ。情けないよなあ」

いまは美瑠璃がコース上にいる。もちろん走ってはいない。あまりにも申し訳ないから1周だけ歩く、と進んで手を挙げ、足を引きずりながら歩きだした。

しかし、帰ってこない。すでに30分が経過している。

目標の200キロはどうも難しい状況になってきた。まぼろしの表彰台が遠ざかっていく。

「わたしも、ひざが……」

次のランナーに予定されている麻友が手でひざを押さえた。

「そんなに怒ってないって言ってたじゃない、ひざ」

マックスが指さす。

「あのときはね。でも、だんだん怒りだした」

「じゃあ、次の1周も遠足で」

健太郎がメンバー表に目を落とした。

メンバーと同じく、紙もよれよれになってきた。

夜明けからは、かやのと洋介がたすきをつないだ。睡眠時間が足りているかやのには大きな期待が寄せられた。

もっとも、ほかに期待を寄せるメンバーは残っていなかった。歩くのも大儀になった翔は医療班のテントに向かった。みんな満身創痍《そうい》だ。チームの期待を双肩に担ったかやのは、もう一つべつのものを背負って走った。テントで目を覚ました麻友から話を聞いた。にわかには信じがたい話だが、死んだ亜季が森の中に現れ、助っ人の麻友に憑依《ひょうい》して走ったらしい。あの糸巻きのフォームが何よりの証拠だった。


そんなにしてまで、走りたかったのね、亜季ちゃん。

本当にこのレースを走りたかったんだ。出たかったんだ。

このたすきをかけて、亜季ちゃんは元気に走りたかった……。


揺れているオレンジ色のたすきを見ると、思いはあふれた。

亜季の分まで懸命に走ろう、とかやのは思った。

走りたくても走れなかった亜季の分まで、この桜の花が舞う道を風になって走ろう、と思った。

そして、痙攣《けいれん》を起こした。力走しすぎたのだ。立ち止まっても、ふくらはぎの痙攣はいっこうに治まらなかった。どうにかリレーゾーンに戻ると、かやのは洋介の肩を借りて医療班のテントに向かった。

洋介も限界だった。それまでは遅いスピードでどうにか走っていたが、大きなまめを潰《つぶ》したのが致命的だった。応急処置を施したけれども、体重をかけるたびに痛む。

こうして、一人ずつ消えていった。見かねて美瑠璃がたすきをつないだが、帰ってくる気配がない。ジョギング愛好会の周回数はいっこうに増えていなかった。

「あと4時間、ずっとこんな調子で遠足かなあ」

麻友が言った。

背伸びをしたが、美瑠璃の姿はまだ見えない。

「また亜季さんに走ってもらわないと厳しいかもしれませんね」

健太郎はそう言って眉をしかめた。

見るからに姿勢がおかしい。前かがみになって、手で右の腰骨を押さえている。治療の甲斐はあまりなかったようだ。

「亜季さんがいちばんポイントゲッターだったからなあ」

マックスの顔は、一人だけ低いところにあった。

立っているのもつらいから、土の上に腰を下ろして足を投げ出している。シューズの紐もゆるめている。これから走りだしそうな雰囲気は微塵《みじん》もない。

「速かったの？　病気になる前の亜季さんは」

麻友はたずねた。

「いや、遅かった。あのフォームで速く走れるはずがない」

マックスは糸巻きのしぐさをした。

「それでポイントゲッター?」

「遅い代わりに、バテなかったんだ。フルマラソンだと、後半のほうが速かった。それでも5時間くらいだけど。ひょっとしたら、距離が伸びれば伸びるほど力が出るタイプだったかも。ウルトラマラソンはうってつけだったと思う」

「どこも故障してませんでしたからね。翔さんとは対照的に」

健太郎がそう言ったとき、洋介とかやのの姿が見えた。

「あっ、二人三脚」

麻友が指さした。

互いに肩を組み、痛むほうの足を地に着けないようにしながら近づいてくる。

「よっ、お熱いですね、お二人さん」

マックスがたいこもちみたいな声をかけた。

「好きで組んでるんじゃないぞ。あいてて……」

洋介はいったん立ち止まって足を浮かせた。

「カヤノさん、足、大丈夫ですか?」

麻友が近寄る。

「痙攣は治まったんだけど、左は肉離れみたい。で、ミルリちゃんは?」

「まだ帰ってこないんです」

「えー、それは心配」

「携帯は持ってるんじゃないですか?」

「重いからって置いていったみたい」

「じゃあ、だめですね」

「様子を見にいく人材もいないからなあ」

マックスがまた自分を棚に上げて言ったとき、途中経過を見ていた健太郎が「あっ」と短い声をあげた。

「どうした、ケンタロウ」

ようやく到着した洋介は、かかとに体重をかけて立ち止まった。そうしていれば、まめが潰れた部分には響かない。

「まだ表彰台の望みはありますよ」

自信ありげに言う。

「だれが走るんだよ。きみか?」

「まさか」

と、腰を大仰にさする。

「じゃあ、追いこみはきかないよ。だれも走れないんだから」

「それでもいいんです。とにかくコース上にいて、たとえ歩いてでも、1時間に2周か3周でも積み重ねていけば、ヴァーチャルの表彰台に立てます」

「そのココロは？」

マックスが不審そうにたずねた。

健太郎はニヤリと笑うと、あるものを指さした。

「いてて！」

洋介が声をあげた。

脱力してよろけた拍子に、右足に体重がかかってしまったらしい。

「なるほど、それならいけますね」

麻友が明るく言った。

「まあ、目標がないよりはましかも」

マックスは微妙な表情だ。

「あと4時間切ったし」

かやのは時計を見た。

「元気出していきましょう。走れなくたって、カラ元気で。亜季ちゃん、お祭りが好きだったし」

「あ、それなら」

麻友が手を挙げた。

だしぬけに一つのアイデアが浮かんだのだ。

「いっそのこと、みんなが亜季さんになって走るっていうのはどうでしょう。たすきだけじゃなくて、リボンも引き継ぐとか」

「あ、それはいいな」

キャプテンがすぐ乗ってきた。

「終わるまで、あと4時間もない。目標もできたことだし、みんなで、『亜季、がんばれ』で盛り上げていけばいい」

「そうね。湿っぽいの嫌いだったしね、亜季ちゃん」

かやのがほほえむ。

「初めてのチームに貢献したな、助っ人」

と、マックス。

「失礼な。走ってたじゃない」

麻友がほおをふくらませたとき、やっと美瑠璃の姿が遠くに見えた。

「ミルリちゃーん……じゃなくて、亜季ちゃーん！」

かやのが手を振る。

美瑠璃が気づいてたすきを外した。いったん立ち止まり、腰などのストレッチをしてから足を引きずって歩きだす。時間がかかるのも当然だった。

「ごめーん、遅くなって」

美瑠璃は情けなさそうに言った。

「もうちょっとだ、がんばれ、亜季！」

洋介が声援を送る。

「亜季？　またお芝居？」

「そう。リボンも引き継ぐから」

「男はちょんまげにして走る」

マックスが立ち上がり、髪を束ねるしぐさをした。

どっと笑いがわく。

「リボンもね。オッケー」

美瑠璃はまた立ち止まり、オレンジ色のリボンを外した。

それは亜季の遺品の一つだった。24耐に出場するつもりで、亜季は準備を整えていた。新しいシューズとウエアを買った。リボンも買った。

リボンは病室に置かれていた。最後まで枕元に置いてあった。

このリボンを揺らして走る夢を、亜季は見ただろう。そう思うと、鮮やかなオレンジ色が目に染みた。

「亜季さん、ラスト！」

麻友が右手を挙げた。

「がんばれ、亜季」

「あとちょっと」

メンバーの声が飛ぶ。

美瑠璃は答えなかった。一歩ずつよろけながら、リレーゾーンを進んでくる。

元陸上短距離選手の腕の振りではなかった。両手にたすきとリボンを握った美瑠璃は、腕をおばあさんの糸巻きのように動かしていた。

麻友とは違う。美瑠璃は憑依されたわけではなかった。はっきりとした自分の意志で、亜季の真似をしていた。

だが、その不自然な動きに足がついていかなかった。バランスを崩した美瑠璃は転倒しそうになった。

「待って」

見かねて駆け寄った麻友を、美瑠璃は制した。

「最後まで走らせて。亜季ちゃんの代わりに、ゴールまで」

麻友は黙ってうなずき、白線のところまで戻った。

「亜季ちゃん、がんばれ！」

「あと20メートルだぞ、亜季」

「亜季！　亜季！」

最後は亜季コールになった。

糸巻きの腕振りのまま、ようやく麻友にたすきとリボンを渡すと、美瑠璃はその場に倒れこんだ。

V

21時間経過
残り3時間（午前9時）

競技場の特設ステージでは、トークイベントが始まっていた。

「初・中級者のためのフルマラソン完走術」と題されたトークショーで、ときどき聴衆に挙手を求めながら二人のランニング・アドバイザーの掛け合いが続いている。

そのうしろのほうに麻友が座っていた。

美瑠璃からたすきとリボンを引き継いだ麻友は、1周だけ走って(歩いて)マックスにつないだ。オレンジ色のリボンでちょんまげを作ったマックスもなんとか1周だけ回り、次のかやのに渡した。

左のふくらはぎの肉離れは軽症だったから、かやのはテーピングを施してコースに戻った。次は洋介に渡す予定になっている。その次はまた麻友に戻るローテーションだ。メンバーのだれも走ってはいないが、とりあえず前には進んでいた。

出番が来るまでは応援と連絡係だ。まめの応急処置を施しながらマッサージの列に並んでいる洋介から、携帯に連絡が入ることになっている。もし間に合わなかったら、かやのにもう1周してもらわなければならない。もっとも、余力があればの話だが。

そういうわけで、麻友はエアアーチに近い特設会場の席に座り、トークを聞きながら待機していた。

いきなり24耐に出場してしまったから、フルマラソンについての知識には乏しい。レクチャーされることが初耳の連続で、ずいぶん新鮮に感じられた。

せっかくジョギング愛好会に入ったんだから、これから練習してフルマラソンに出ようかな。

それより、5キロか10キロのレースのほうが先か。制限時間のゆるいところに出ればいいの。5キロ、10キロ、ハーフ、フルと、だんだん距離を伸ばしていけばいいんだわ。


宇宙人はようやく人間の思考回路になった。

100キロのウルトラマラソンに参加しているランナーでも、24耐は二の足を踏む。景色が変わらない周回コースだとなおさらだ。ランニングと遠足を組み合わせた「マラニック」の24時間なら参加するが、公園をぐるぐる回り続けるのは御免こうむるというランナーも多い。

だから、巷《ちまた》のマラソンブームにもかかわらず、24時間個人の部にはこんなにも参加者が少ない。数十人も出走すると聞いて驚く人のほうが多いくらいだ。

そんなレースをマラソンのデビュー戦に選んだのがいかに暴挙だったか、初心者向けのトークを聞いて麻友はやっと理解した。

ちょうどふくらはぎさんと黄色いリボンさんが並んでアーチをくぐるところだった。女子の部の首位を争っているはずだが、笑顔で話をしている。ほうぼうの大会で一緒になり、勝ったり負けたりを繰り返してきた仲間だ。優勝できればうれしいけれど、自分の力を出せればそれでいい——どちらもそんな雰囲気を漂わせていた。

　麻友が歩いていたときも、二人で併走していた。

「月岡さん、ファイト！」

「お午《ひる》まで、もうちょっと」

　そう言って励ましてくれた。

「ありがとう」

　麻友は手を振った。

　二人のランナーの背中は、少しずつ遠ざかっていった。


　へっへっ、ほんとはぴったりマークしてるの。

　離されないようについていってるの。気づいてないでしょ。

　うふふふ。

　妙な笑みを浮かべて、麻友はふくらはぎさんとリボンさんのうしろ姿を見送った。

　マークしているはずの麻友は、遠足モードでゆっくり歩いていたのだが。

　トークはさらに続いていた。

月間走行距離はどれくらいがいいか、ＬＳＤのペースはどうか、話題がどんどん変わっていく。

ＬＳＤと言っても怪しい薬物ではない。ロング・スロー・ディスタンスの略で、長い距離をゆっくり走る練習のことだ。

メモを持ってくればよかったかな。

あ、そうだ。たしかメモ機能が……。

と、ポケットから携帯を取り出したとき、ちょうど着信があった。

洋介からだった。

「もしもし……ああ、キャプテン」

「そうですか……了解しました。はいはい……わかりました、伝えてきます」

マッサージの順番の回りが遅く、やっと次になる。間に合いそうにないから、かやのにもう1周お願い、という連絡だった。

「あ、そうだ。かやのさんが走れなかったら……って、走れないんだけど、歩くのも無理そうだったらどうします？　ほかのメンバーが来るんですか？」

そうたずねた麻友の表情が数秒後に曇った。

洋介はあっさりとこう言ったのだ。

「助っ人さんがつないでよ。ごめん」

＊

「そんなことだろうと思った」

かやのが言った。

「というわけで、大変申し訳ないけど、よろしくという話で……」

麻友は両手を合わせて拝むしぐさをした。拝んでいるのは洋介という文脈だが、もちろん違う。頼むから、無理と言わないで、と麻友が拝んでいた。ここで引き継いだら、少なくとももう一回は出番が増えてしまう。

「わかったわ」

かやのはほどきかけた髪のリボンをまた結び直した。

「ときどき応援の人と立ち話をしながら、たらたら歩いてるから」

「じゃあ、キャプテンに伝えときます」

麻友は笑顔で携帯を取り出した。

トークイベントが終わったら動物園に行くという麻友と別れると、かやのはアーチをくぐった。ここからまた次の1周になる。

走っているとき、ことにまだ余裕があったときはそれほどの長さに思えなかった1・7キロのコースが、いまは倍くらいに感じられた。スタート地点から200メートル先の給水所まででも、やけに遠かった。

当初は豊富に食べ物が置かれていた給水所だが、バナナがなくなり、レモンの残りも乏しくなっていた。スポンサーから提供される酸っぱいスポーツドリンクを少し飲み、係員にお礼を言ってからかやのはまた歩きだした。

しばらくすると、救急車のサイレンの音が聞こえてきた。近づいてくる。どうやらこの公園に向かっているらしい。

四分の一ほど進んだところで、救急車の目的がわかった。ランナーが一人、沿道に倒れていたのだ。肩からたすきをかけたランナーが酸素吸入を受けている。AEDまで持ち出されているから、かなり深刻な事態のようだ。

大丈夫かしら。

何事もなければいいけど……。

かやのは立ち止まり、邪魔にならないところから成り行きを見守った。

いで立ちを見ると、企業の走友会のメンバーのようだった。おそらく上位争いをしていたのだろう。限界を超えたがんばり方をしたせいで、体が悲鳴をあげてしまったのに違いない。

チームの代表者が顔色を変えて駆けつけ、倒れているランナーの名前を呼んだ。見るに忍びなかったけれども、心配で立ち去ることもできない。かやのはなおもその場で様子を見ていた。

ややあって、倒れているランナーの右手がわずかに動いた。どうやら意識はあるらしい。ＡＥＤの必要はなさそうだった。

ランナーは担架に乗せられ、救急車のほうへ向かった。期せずして拍手がわいた。かやのも手を拍《う》って送った。

「よかったですね、意識はあるみたいで」

うしろから声をかけられた。

振り向くと、トライアスリートの父だった。

「ええ。ときどき見かけますよね、救急車で運ばれる人」

かやのは答えた。

ほうぼうの大会に出ているから、折りにふれて痛々しいシーンに遭遇する。足を痛めて動けなくなるのなら、まだいい。治療して休めば治る。しかし、マラソンには最悪の事態だってありうるのだ。

「軽症まで含めたら、いろんなケースがありますよ。昔は赤十字をつけたボランティア・ランナーをよくやってたもので」

「あっ、あれですか。あたしも一度やってみたいと思ってたんです」

「勝負レースのときにはやりませんけど、練習を兼ねてるときはよく登録しました。自分がふらふらになったりしたら目も当てられませんから、しっかり走るようになります」

かやのとともに歩きながら、羽石の父は言った。

ゼッケンと赤十字をつけたボランティア・ランナーは、何事もなければそのままレースを続ける。沿道で倒れている人がいれば、大会本部と連絡を取り、救急車の出動を要請したり応急措置を施したりする。言わば、救護班の最前線に立つ者だった。

「いまはおやりになってないんですか?」

「ええ。歳を取ってくると、持久力は同じでも瞬発力がだんだん衰えてきます。ここぞというときの小回りが利かなくなる。ボランティア・ランナーは、状況に応じて給水所までダッシュしたりしなければなりません。足を引っ張りでもしたら一大事なので、後進に道を譲りました。息子もトライアスロンの大会でたまにやってるみたいですよ」

「そうですか。そういった支えがあってこそのレースですね」

しばらくそんな話をしながら歩いた。

羽石の父が走りだしてまた一人になったとき、かやのは亜季のことを思った。

亜季ちゃんがここにいたら、きっとボランティア・ランナーの話に興味を示したはず。

そういう子だったから。

自分の記録など後回しにして、苦しんでいる人に手を差し伸べる。

亜季ちゃんは、そういう子だったから。


亜季とは何度も将来の話をした。

介護関係の職業に就きたいと亜季は言っていた。給料は安いかもしれないが、その分やりがいはある。自分の笑顔で少しでも患者さんを励ましてあげたい、と亜季は抱負を語っていた。

勉強もしていた。資格を取るために、綿密に計画を立てていた。

すべてが、これからだった。

亜季の前には、未来が広がっていた。多少のアップダウンはあるだろうが、見通しのいい道がはるか彼方まで続いていた。

そのように見えた。

ああ、そうだった……と、かやのは思い出す。

あんな話もした。

ひょっとしたら、あれは虫の知らせだったのかしら。


亜季はホスピスにも興味を示していた。

重病に罹り、回復の見込みのない患者たちが集まる施設で働いてみたいと亜季は言っていた。しかし、そういう気持ちはあるけれども、実際にどんな顔で接すればいいのか、具体的なイメージがつかめない。あまり明るい顔で励ましても、かえって反発を買うだろう。かといって、暗い顔をしているわけにもいかない。

「どうすればいいんだろう、うーん」

亜季はそう言って小首をかしげた。

あのときの顔が、いやにくっきりと脳裏に浮かんできた。かやのはまたなんとも言えない気持ちになった。

亜季がホスピスで働くことはなかった。亜季自身が発病して施設に入り、最後のほうはメンバーにも会わず、死んだ。

かやのはリボンに触った。

亜季がホスピスでどう過ごしたか、笑顔を浮かべたかどうか、かやのは知らない。翔に訊いてみたこともない。もちろん、翔が語ることもなかった。

だから、知らない。

でも、このリボンは知っている。亜季の形見のリボンは知っている。

そう思うと、外したリボンが少しだけ重くなったように感じられた。

風が出てきた。

背中を押す。

あの木を超えれば、最後の下り坂だ。

かやのはたすきを外した。左手にたすき、右手にリボンを持つ。

立ち止まり、ふくらはぎのストレッチをした。痛みはあるが、右のほうに体重をかければ、短い距離なら大丈夫そうだ。

走ろう、とかやのは思った。

走ろう。

亜季ちゃんが走れなかったこの道を、たとえ少しでも、代わりに走ってあげよう。

下りに差しかかった。どうにか走れた。体のバランスに注意しながら、かやのはゆっくりと前へ進んだ。

おばあさんの糸巻きの腕振りをしながら走る。たすきとリボンが揺れる。

「亜季さん、ラスト！」

声が飛んだ。

動物園の裏口の前に、麻友が立っていた。

「ええ。キャプテン、もう待ってます」

「ラストでいいの？」

「復調した？　洋介」

「どうにか歩いてます」

「歩けるのなら大丈夫ね」

歩くのと変わらないほどのスピードだ。走りながらでも、そんな会話を交わすことができた。

「じゃあ、がんばって。亜季さん、ファイト！」

「ありがとう」

背中を押す風が少し強くなった。

心の中で、かやのは亜季に向かって言った。

ありがとう、と思いを伝えた。
ようやく競技場に到着し、トラックに入った。
洋介の姿は遠くからでもわかった。
「かやの……じゃない。亜季！」
右手を挙げる。
その姿が、いつもよりずっと頼もしく見えた。

W

22時間経過
残り2時間（午前10時）

「あっ、シマウマさんだ」

子供が近づいてきた。

「シマウマさん、こんにちは」

麻梨に似ているけれど、麻梨であるはずがない娘が、無邪気に言う。

「こんにちは」

星井は頭をなでてあげた。

ひところは、よその子供の姿を見るのがつらかった。明るくはしゃぐ声に耳をふさぎたくなった。


あの輪の中に、娘は入れない。

もうおともだちはいない。

どうして麻梨だけ……。


そう思うと、いたたまれない気分になった。

だが、いまは違った。

このレースに参加し、夜の動物園で妻と娘に会った。最後にひとひらの桜の花びらを娘の髪に飾って別れた。

あれはまぼろしではなかった。夢のようだが、夢ではなかった。

一年に一度でもいい。

また会える。

桜の花が舞う季節、ここで会うことができる。


「大きくなるんだよ」

星井は言った。

「うん」

女の子はうなずいた。

「シマウマさんにお礼を言いなさい」

母親が近づいてきた。

「シマウマさん、ありがとう」

「どういたしまして」

星井はもう一度頭をなでた。


大きくなるんだ、みんな。

車に気をつけて、大きくなるんだよ。

「ばいばい、シマウマさん」

「ばいばい」

星井は手を振った。

しばらくポニーを見た。

もちろん、あの馬ではなかった。ちゃんとした輪郭があった。足音も響いている。係員に手綱を取られた馬の背で、べつの少女が揺られていた。まだ若いお父さんが声をかけながらビデオの撮影をしている。かつて星井がそうしたように、笑顔で娘に語りかけている。

そんな光景を見ても、心の湖がさざめくことはなかった。


このまま無事に大きくなるんだ。

この春の光のように、何事もなく、穏やかに育っていけばいい。


戻ろうか、と星井は思った。レースはあと少しだ。

アライグマの檻の前を通り過ぎようとしたとき、不思議そうに見物していた女性ランナーがふと振り向いた。

「おはようございます」

　シマウマを見て、元気にあいさつする。

　星井はひづめを挙げた。

　昨日もここでちらりと会ったランナーだ。なぜかリレーのチームのゼッケンに変わっているから、名前まではわからない。

「ひょっとして、夜どおしずっとシマウマさんだったんですか？」

「そうです」

　と、初めて声を出す。

「へえ、大変。シマウマって、夜は寝ないの？」

　妙にまじめにたずねられたから、思わず吹き出しそうになった。

　変な娘《こ》だ。

「たまたま、眠くなかったので」

「ふーん……あ、そうだ。一つ質問があります」

　と、手を挙げる。

「どうぞ」

「シマウマさんって、どんな鳴き方をするんですか？　普通の馬みたいに、ヒヒーンって鳴くの？」

　これは知っている。

いつぞや、麻梨にも同じ質問をされた。だから、調べたことがある。少しだけ間を置いてから、星井は低く押し殺した声を発した。

「わんわん、わんわん」

犬みたいだが、そうなのだ。シマウマは低い声で「わんわん」と鳴く。

「えー、ほんとですか。へー、そうなんだ」

娘は目をまるくした。

「わんわん、わんわん」

重ねて鳴き真似をすると、娘は急におなかを抱えて笑いだした。

いずれ、麻梨もこんなに大きくなっただろう。

笑い、語り、ときには泣き、やがては嫁ぐ日が来ただろう。よせばいいのに、結婚式で父への手紙なんか読んで泣かせてくれたかもしれない。

そんなささやかな未来があったかもしれない。


麻梨はもう大きくなれない。

あと一年経てば、ここで会える。

でも、成長はしない。

永遠に子供のままだ。

あれ以上、大きくなることはない。

この娘のように、美しく育つことはない。

麻梨は、もう大きくなれない……。


娘はやっと笑い止んだ。

「あー、おかしかった。勉強になりました」

星井はまたひづめで応えた。

胸が詰まって、言葉にならなかった。

「レースはリタイアしたんですか？」

ランナーはたずねた。

星井は少し考えてから、走る動作をした。これからコースに戻る、と伝えた。

「そうですか。がんばってください」

「ありがとう。そちらは？」

「うーん、たぶんあと一回、たすきが回ってきます」

「初めてですか？　この大会は」

「ええ、つい勢いで参加しちゃって。でも……」

「でも？」

「出てよかったです。おともだちがいっぱいできたし」

娘は笑顔で答えた。

「そう、よかったね」

シマウマの中で、星井も笑った。

風が吹き抜けていく。

娘の髪を揺らし、春の風がさっと通り抜けていった。

「じゃあ、がんばって」

「はい、シマウマさんも、がんばってください」

ルルちゃんの檻の前で、星井は娘と別れた。


なんだか危なっかしそうな娘だけど、あれで大丈夫だろう、たぶん。

ともだちや恋人と一緒に、なんとかやっていくだろう。

どうか、元気で。


最後に手を振ると、星井はコースに戻った。

白線は一本だけだった。

周回コースの上を、ただまっすぐに続いていた。

「あっ、シマウマだ」

「シマウマ、がんばれ！」

また声援がわく。

子供たちが声をかける。

わんわん（走るぞ）
わんわん（シマウマは、がんばるぞ！）

かぶりものの中で、星井は低く鳴き真似をした。

遠くに桜の木が見える。

花が咲いている。

あの花は、来年も咲く。

再来年も、その次の年も、必ず咲く。

年に一度、春が巡れば、必ず咲いてくれる。

そして、桜が咲けば、また会える。

わんわん（走るぞ）

わんわん（シマウマは、負けないぞ！）

星井はゆっくりと走りだした。

前へ。

遠い桜に向かって。

X

23時間経過
残り1時間（午前11時）

「さあ、いよいよ残りは1時間を切りました！」

ＤＪが声を張り上げた。

選手と違って、夜は休養十分だ。ここぞとばかりにあおりたてる。

「長かった24時間のレースも、23時間を経過しました。ここまでくれば、あともうひと息です。選手のみなさん、がんばってください！」

個人走のランナーはペースを維持することで精一杯だったが、チーム走の上位陣は追いこみモードに入っていた。

1時間を切ったら、1周つなぎだ。残った力を全部絞り出して全速力で走り、次のランナーにつなぐ。そうすれば、少しでも周回数を増やすことができる。

終了10分前になると、規定によってリレーゾーンが閉鎖される。それまでにたすきをつながなければ、同じランナーが最後まで走らなければならない。

2周目になると、当然疲れてくる。上位争いをしているチームにとっては、最後のたすきリレーをいかにロスなく行うか、アンカーにだれを起用するか、そのあたりが問題になってくるのだった。

エースをアンカーに温存し、終了12分くらい前にたすきを渡す。アンカーは全速力で2周してロスなくゴールインする。これが最も理想的なたすきリレーだ。

ゴールに1秒たりとも遅れたら、周回数にはカウントされない。同じ周回数の場合は、最終周に早く入ったチームのほうが上位になる。たとえ途中で抜いて大差をつけたとしても、ゴールできなければだめという決まりだった。

最後のたすきリレーとゴール、二つの関門から逆算し、メンバーの持ちタイムと余力を考慮して順番を決める――まるでパズルみたいだが、どのチームもそこまで厳密に考えているわけではなかった。

夜どおしレースをやっているから、とてもそんな頭は回らない。とにかく順番を決めて1周ずつつなぎ、残りがいよいよ30分を切ったらアンカーを決める。そんないきあたりばったりで終盤のレースを進めていた。

「ラスト、がんばれ!」

「次、おまえに渡せって言われたぞ」

「えっ、おれ? まずい」

そんな行き違いがほうぼうで起きる。沿道の笑いのなか、応援していた選手がダッシュで併走しはじめる。

それやこれやで、会場はいやがうえにも活気づいてきた。

しかし、なかにはまったく蚊帳《かや》の外に置かれているチームもあった。

湘南国際大学のジョギング愛好会も1周つなぎだが、もう久しくだれも走ってはいなかった。

＊

「どうにか3位を死守できそうですかね。微妙ですが」

健太郎が途中経過表を見た。

23時間が経過した時点での表だから、最後のリストになる。

「うーん、なんとかなるような、ならないような」

と、麻友。

「しかし、すごいなあ。24時間も一人で走って200キロ超えとか」

「四人も200キロを超えそうですよ、男子は」

翔とマックスが感心したように言った。

どちらも姿勢がおかしい。まっすぐ立っていると体のどこかに痛みが走るらしい。

「世界のトップはどれくらい？」

美瑠璃がたずねた。

「世界のトップと言っても日本人ですが、24時間で300キロ近く走ります。250キロはクリアしないと、世界選手権で上位争いはできないでしょう」

調べ物の好きな健太郎が蘊蓄《うんちく》を披露した。

「想像できないなあ」

「フルマラソンを余裕で4時間を切って7回くらい続けて走る計算になりますね」

「サブフォーなんて、1回でも無理だ」

マックスがお手上げのポーズを取った。

「7回って、一年に走るのでも大変そう」

麻友が言う。

「あ、でも、キャプテンはそれくらい走ってるかも」

と、美瑠璃。

「へえ、そうなんだ」

「根っから好きだからなあ。田舎の役場に勤めだしても、休みのたびにほうぼうに遠征するよ、きっと」

翔が笑う。

「でも、ナントカ市役所や町役場の人って、よくマラソン大会に出てる」

「速い人が多いからね。箱根駅伝でいったん競技生活に区切りをつけて、田舎へ帰るとか。その点、洋介はもともと遅いし、いくら走っても速くならないから、異色と言えば異色かも」

「絵に描いたようなヘタの横好きね」

「そうそう」

「ところで、次のランナーですが……」

健太郎が会話に割って入り、メンバーをざっと見渡した。

「ぼくは股関節が、ちょっと」

マックスが大仰に顔をしかめた。

「おれは無理。はっきり無理」

翔が腕で×印を作る。

「わたし、渡したばかり。宇宙人、走レナイ」

麻友があわてて言った。

「ケンタロウくん、だいぶ回復してきたみたいじゃない」

美瑠璃が腰を指さした。

「えっ、それは……」

健太郎は顔をしかめた。

「やぶへびだったな、ケンタロウ」

「次代のジョグ愛を背負って立つ最下級生が締めくくるんだよ」

翔とマックスがただちに乗ってきた。

「ま、まさか2周とか。それはいくらなんでも」

「だから、10分前までに帰ってくればいいんだ」

マックスが時計を見た。

「もうちょっとでたすきが戻ってくるから、上り坂は歩いて、あとはゆっくり走ったら楽勝で間に合うじゃないか」

「うーん……わかりましたよ。じゃあ、ぼくがたすきを渡すアンカーは？」

メンバーの視線がさまざまに揺れ、やがて一人の人物に集中した。

「えっ、またわたし？」

麻友が自分の胸を指さした。

「そのためにスカウトした助っ人だからなあ」

マックスがとぼけた顔で言った。

「麻友ちゃんなら、いちばん絵になるよ。ゴールするとき」

「そうそう、いちばんおいしいところ」

「宇宙人、いちばん」

メンバーがいちばんを連呼する。そのうち、手拍子と麻友コールまで始まった。

「うう……でも、10分ちょっと前に渡されてもゴールできないよ。普通に走っても1周15分くらいかかるんだから」

「遅いなあ」

「じゃあ、その前のランナーにがんばってもらいましょう。せめて20分前にはアンカーに渡すように」

「表彰台がかかってるからね」

「この最後の1周が明暗を分けるな」

もうたすきをつながなくてもいいことになったメンバーは、機嫌よくあおりはじめた。

「でも、お二人さんが帰ってこなかったら、計画は水の泡ですよ」

健太郎がコースを見た。

「じゃあ、応援だ」

「そろそろ帰ってくる」

「あれ、コツを覚えたら意外に速いかも」

「ベンチでべたべたしてたりして」

「それは人目があるでしょう」

勝手なことを言いながら、メンバーはリレーゾーンのほうへ向かった。

たすきはいま、洋介とかやのがつないでいた。

と言っても、1周をさらに分割したのではない。二人は肩を組み、二人三脚で歩いていた。

＊

「エッ、ホッ、エッ、ホッ、あとちょっとだな。あそこから下り」

洋介があごで示した。

「せっかく息が合ってきたのにね。エッ、ホッ、エッ、ホッ」

かやのが答える。

「じゃあ、もう1周行くか？」

「無理、無理。右の腰がパンパンに張ってきた」

「ぼくも、左が」

「とにかく、ゴールまで。エッ、ホッ、エッ、ホッ」

「そうだな。エッ、ホッ、エッ、ホッ」

かやのは左のふくらはぎを痛めている。洋介は全体にダメージを負っているが、ことに思わしくないのはまめが潰れてひざの状態も悪い右脚だ。

それなら、二人三脚にしてみたらとメンバーから提案があった。試しにやってみたところ、どうにか前へ進む。痛いほうの足に体重をかけずに歩くことができる。これならとばかりに、二人一組でたすきをつなぐことになった。

洋介とかやのは身長が5センチくらい違う。歩幅が合うかどうか疑問だったが、やってみたらぴったりだった。洋介は座高が高いだけで、脚の長さはほぼ同じだったのだ。

最初のうちはアップダウンがうまくいかなかった。それぞれに身に染みついている歩き方がある。なかなか息が合わず、何度もバランスを崩しそうになった。

そんなときはいったん立ち止まり、初めからやり直した。かけ声を発しながら、一歩ずつ刻んできた。

そして、ここまでたどり着いた。

「長かったなあ。エッ、ホッ」

洋介が脚を動かす。

「でも、あっと言う間だったかも、四年間も。エッ、ホッ」

かやのが腕に力をこめる。

「そうだなあ……」

温かさが伝わってくる。

かやのとこうして二人三脚で走るのは、もちろん初めてだ。ひょっとしたら、最初で最後になってしまうかもしれない。そう思うと、遠くの桜がふっと揺らいだように見えた。

四年間の学生生活も、ジョギング愛好会の活動も、これで終わりだ。

この坂を下り、競技場に入ってたすきをつないだら、いよいよ終わりになる。もう走ることはない。

まもなく正午だ。24耐が終わる。

ぼくはかやのと逆方向の列車に乗って、一人で故郷へ帰っていく。

桜が舞い散るこの公園を、もうすぐ離れなければならない。


「ちょっと速い？　エッ、ホッ」

かやのが歩幅を狭めた。

「ああ……ちょっと速いかも。ちょっと、な」

洋介はそう言って、かやのの肩を少しだけ強く抱いた。

競技場のトラックに入ると、急に声援が増えた。

「ナイスファイト！」

「がんばれ、二人三脚！」

ほうぼうから声が飛ぶ。

幕切れが近づくと、ランナーズ・ハイならぬ24耐ハイという状態が生まれる。あんなに早く終わってくれないかと思っていたのに、いざフィナーレが迫ってくると、コースを立ち去りがたくなってくる。体は疲れきっているのに、このレースがもっと続けばいいと名残惜しくなってくる。

会場全体がそんな雰囲気に包まれはじめた。

「あと少し！」

「ファイト！」

チームは違っても、ともに長いレースを戦ってきた仲間だ。

声が飛ぶ。たすきが揺れる。

「これでいい？　エッ、ホッ」

かやのがたずねた。

「ああ、ちょうどいい。ところで、五月なんだけど……」

歩調に合わせ、洋介は勢いで切り出した。

「何かあるの？」

「最終週にぼくの田舎でマラソン大会があるんだ。ハーフもなくて、10キロが最長の草大会だけど、来ないか？」

「うん、いいけど……日帰りは無理ね」

「ああ。東京からわざわざ走りに来るランナーはいないからね。地元出身だったらともかく。地味な大会だから」

「じゃあ、宿は？」

かやのの質問に、洋介はひと呼吸置いてから答えた。

「ぼくんちに泊まりなよ。部屋、空いてるし」

かやのも少し間を置いてから言った。

「オッケー」

ほほえむ。

「うまい蕎麦《そば》屋、見つけたんだ。エッ、ホッ」

照れ隠しのように、洋介はかけ声を出した。

「楽しみね。エッ、ホッ」

足を合わせながら走る。

トラックを半周し、やっとリレーゾーンに入った。

「はいはい、お二人さんに特別サービスです!」

唐突に花が降ってきた。

散った桜の花びらをカゴに集め、手ですくって降らせているランナーがいる。もうすっかりお祭りモードだ。

「おめでとう!」

「おめでとう!」

フラワーシャワーを浴びながら、しっかりと肩を組んで、洋介とかやのは最後の直線を歩いた。

「変な展開になったな、エッ、ホッ……」

「いいじゃない、記念になって、エッ、ホッ……」

「一枚だけ、持って帰るかな、田舎に」

洋介は花びらを指でつまみ上げた。

「おみやげ?」

「いや……記念に」

ハーフパンツのポケットにしまう。

「すぐしおれちゃうけど」

「いいんだ」

健太郎が手を挙げるのが見えた。

あそこが、ゴールだ。

「リボン外すね」

「わかった。止まってから、ラストスパート」

「オッケー」

かやのはリボンを、洋介はたすきを外し、それぞれの手に握った。

再び肩を組む。

拍手がわく。

「よし、行くぞ。せーの……エッ、ホッ、エッ、ホッ」

「エッ、ホッ、エッ、ホッ」

息が合った。

たった100メートルだが、いままでにない速さだった。

ゴール間際に一チームだけ抜き、学生生活最後のランニングは終わった。

たすきとリボンを健太郎につなぐと、もう少しだけ二人三脚で進み、二人はグラウンドの上に倒れた。

息はすっかり上がっていた。露に濡れているトラックの感触が心地よかった。

「ナイス・ファイト、キャプテン」

まだ息を弾ませながら、かやのが言った。

「ああ、ベストランだ。最後にやっと自己ベストが出たよ」

洋介はそう言って、笑顔で右手を差し出した。

Y
24時間経過
ゴール（正午）

「大丈夫だな？　アンカー」

マックスが肩をたたいた。

「まかしとき」

麻友は胸をポンとたたいてみせた。

いよいよ大詰めになった。エアアーチの脇に置かれている電光時計の数字は、あと30分も経たないうちに24時間を超える。

「ほんとに走れる？　麻友ちゃん」

かやのが問う。

「宇宙人、疲レナイ」

麻友はひざに両手をやってぐるぐる回し、準備体操を始めた。

その途中で、ぐき、といやな音がした。右ひざが悲鳴を上げた。

「あっ、帰ってきたぞ、ケンタロウ」

競技場に姿を現した最下級生を、翔が指さした。

「おお、予定よりずっと速い」

「走ってる、走ってる」

「ラスト、ここまで！」

「あ、あの……」

麻友の言葉は声援の中に埋没した。

「これでジョグ愛は安泰だ」

「おーい、ケンタロウ……じゃなくて、無理があるけど、亜季！　がんばれ！」

「これならアンカーまで余裕でゴールできるぞ」

麻友はメンバーを見渡した。

ここで「だめ」と言い出せる雰囲気ではなかった。そもそも、交替するメンバーもいない。みんな満身創痍だ。


まっ、いいか。

歩いてるうちに復調するかも。

残り時間を見てから走ればいいんだ。

「頼むぞ、助っ人」

「この1周で表彰台」

「最後くらいはキメたいよね」

ほうぼうからハッパをかけられているうちに、健太郎はトラックの残りをよろよろと走り、リレーゾーンに近づいてきた。

腰をかばった場末の小屋のコントみたいなフォームで、必死に走ってくる。

「亜季さん、ラスト！」

麻友は肚をくくって声をかけた。

「ハイッ」

たすきとリボンを渡すと、健太郎はその場にへたりこんだ。

23:37:46

時計の数字はそう表示されていた。

残りは22分あまりだ。

たすきをかけると、麻友は歩きながらリボンを結んだ。亜季の形見のリボンで、きれいな蝶々を作った。

「歩いてちゃ間に合わないよ」

マックスが言う。

「給水所まで歩いて、そこから走る」

「間に合うか?」

男の速足なら22分もあれば1周回ることができるが、いまの麻友なら少なくとも半周は走らないと1・7キロはこなせない。メンバーが気をもむのも当然だった。

「大丈夫」

リボンに手をやり、麻友は笑顔で答えた。

「亜季さんがついてるから」

＊

最後の給水所に到達すると、麻友は右ひざに水をかけた。歩くだけでも違和感があった。体重をかけるたびに痛みが走る。

「長々とありがとうございました」

ランナーが係員に礼を言っている。

「お疲れさんでしたね。お互いに」

「お互いに、ね。ほんとに長かった」

「ええ。また来年」

「また来年」

そんな会話が交わされる。

「おじさん、ありがとう」

麻友も礼を言って、走りだそうとした。

実際、走った。しかし、ほんの数メートルで止まった。右ひざが痛い。

やむなく、また歩きだした。時間の貯金が減っていく。タイムリミットの正午が刻々と近づいてくる。

「ファイト！」

トライアスリートの羽石信士から声をかけられた。

「大丈夫？」

「ええ、なんとか」

「がんばって」

短く告げて走っていく。まだこれから周回を重ねるつもりだ。

もう無理かな？

歩いたら1周30分ちょっとかかるから、タイムオーバー。

しょうがないか、ひざがもう、いやだって言ってるし。


半ばあきらめムードで歩いていると、同じ場所に陣取って応援していた三人のおばさんから声をかけられた。

「ほら、がんばって、おねえさん」

「あと1周」

「はーい」

麻友はとりあえず手を挙げて応えた。

「かわいいね、そのリボン」

中央のおばさんが言う。

「でも、わたしのじゃないんです」

「だれの？」

「おともだちの形見なんです、このレースに出るはずだった」

言葉がごく自然に口をついて出た。

「そうなの」

「なら、がんばらなきゃね」

「おともだちの分まで」

沿道から声が返ってきた。

「はい」

麻友は前を見た。

桜が咲いている。その向こうに、だれかが待っているような気がした。

「走ります」

体が、動いた。

ひざは痛むが、どうにか動いた。

「おねえさん、ファイト！」

おばさんたちの声援を背に、麻友はゆっくりと走りはじめた。

背中を押しているのは、声だけではなかった。風も吹いていた。

リボンが揺れているのがわかった。ときどき肩に触れる。

「走れ！」

そう、これはおともだちの形見。

生きているときに会うことは一度もなかったけど、話はできなかったけど、亜季さん……いえ、亜季ちゃん、あなたはわたしの親友だった。

そんな気がする。

だから……。


思いの続きを、麻友は声に出して言った。

「一緒に、走ろう」

心なしか、風が強くなった。

麻友は腕の振り方を変えた。おばあさんの糸巻きの腕振りにした。ずっと前からそうしていたかのように、腕は自然に動いた。


こうやって走ってたのね、亜季ちゃん。

見える？

ほら、桜が咲いている。

きれいなお花が咲いてる。

白線の上を、麻友は走った。

ひとすじの線が続いていた。もう途中で分かれることはない。

あの桜は、来年も咲く。

再来年も、その次の年も、次の年も、きっと咲く。

ええ、と答えるように、風が強くなった。

麻友の背中を押す。

みんな、忘れないよ。

うしろの風に向かって、心の中で、麻友は言った。

亜季ちゃんのこと、忘れない。

みんな、忘れない。

麻友は時計を見た。

間に合うかどうか、微妙だった。

最終周の前半にずいぶん歩いてしまったから、正午まであと10分を切っていた。カウントダウンが始まっている。

麻友は腕に力をこめた。

*

「遅いなあ、助っ人」

マックスが時計を見た。

「歩いちゃったかな」

と、心配そうにかやの。

「まあ、しょうがないさ。初マラソンなのに多くを期待するのは酷だから」

洋介はもうあきらめムードだ。

残りは7分を切った。

もうここから新たな周回に入るランナーはいない。次々にゴールしていく。

「お疲れさま」

「ラスト、ラスト！」

声援がいちだんと高くなる。

チームも個人も入り交じり、続々とゲートをくぐる。足は引きずっていても、笑顔のランナーが目立つ。沿道のランナーたちとハイタッチをしながら、最後の力走をする。

DJがランナーの名前を読み上げる。24時間を戦ってきたランナーのゼッケン番号を読み取り、その名を連呼して健闘をたたえる。拍手がわく。

エアアーチをくぐってしばらく行くと、そここに人の輪ができていた。同じ個人走の赤ゼッケンをつけた選手たちが互いに握手を交わし、談笑している。たとえそれが初対面でも、もう仲間のようなものだ。

ゴールラインを越えるランナーが少しずつ増えていく。カエルもシマウマも手を振りながらゴールした。

残り5分になった。

トライアスリートがラストスパートをかけてフィニッシュした。たとえ家族のチーム走でも、全力を出しきる習性がついている。

「羽石さん、お疲れさま」

洋介が声をかけた。

「ああ、サンキュ」

「うちのランナー、見かけませんでした?」

「途中で2回抜いたよ、そろそろ戻ってくるんじゃないかな」

トライアスリートはそう言って汗をぬぐった。

「おれ、応援に行ってきます」

マックスが手を挙げた。

「大丈夫ですか？」

「走れるの？」

健太郎とかやのがほぼ同時にたずねた。

「走る」

マックスは短く答え、がに股がさらに崩れた妙なフォームで駆け出していった。

「ぷっ」

思わずかやのが吹き出す。

「笑っちゃいけないよ。大まじめなんだから」

そう言いながらも、洋介の顔も笑っていた。


時計が24時間になるまで、とうとうあと4分30秒になりました！

ラストスパートです！

ランナーのみなさん、がんばってください！

DJの声が高くなる。

その声は、ゴールに近づくランナーの耳にも届いていた。

＊

麻友は走っていた。

速足の選手にも抜かれるくらいのスピードだが、亜季のリボンを揺らしながらどうにか走っていた。

ようやく競技場のトラックに入り、いちだんと声援が増えたとき、マックスの姿が見えた。

「おーい、麻友ちゃん。ラスト、ラスト！」

手でメガホンを作り、大声で言う。

ふっと背中の感触が変わった。いままで背を押してくれていた風が遠のいた。

その代わり、桜の花びらが目の前をよぎった。幽かに赤いものが、蝶々のように流れていく。

もう大丈夫ね。

ここからは、あなたの力で。

がんばって。

亜季から、そう言われたかのようだった。

「まだ間に合うよ。3分ある」

「えっ、3分?」

麻友は驚いて時計を見た。

走っているから大丈夫だと思っていたのだが、なにぶんスピードが出ていない、ふと気づくと制限時間が迫っていた。ゴールのアナウンスははっきり聞こえるが、ここからまだトラックを300メートル走らなければならない。

「腕振って走るんだ」

マックスは併走しはじめた。

「そんなフォームじゃ走れないよ」

体のあちこちを痛めて相撲部屋から逃げ出してきた新弟子みたいだ。マックスの走り方を見て、観客からも笑いがもれた。

「腕だけ自前の振りにしたら、もうちょっと前へ進むから」

「だって、最後まで亜季ちゃんで走るの」

糸巻きのように回しながら、麻友は答えた。

二人のあいだを、チーム走のアンカーたちが疾走していく。たすきをかけたランナーが少しずつ減っていく。

「最初で最後のレースだもん。あたし、亜季ちゃんのまま、ゴールする。桜、咲いてた。あんなにきれいに、咲いてた」

途中から、自分でも何を言っているのかわからなくなった。

最後に見た桜はきれいだった。たしかにここで咲いているのに、まぼろしのようにきれいだった。

「わかったよ」

とりとめのない言葉だったのに、なぜかマックスには通じたらしい。もう腕振りを戻せとは言わなかった。

「あと2分切った」

「時間止めてよ、マックス」

「無理言うな。あいてて……」

マックスは立ち止まり、太ももを押さえた。

痛みが循環しているみたいで、どこが源なのかわからないくらいだった。

「大丈夫？」

「止まるな。行け」

「うん」

中腰で顔をしかめているマックスを置いて、麻友は前へ進んだ。

もっとも、スピードはまったく上がらなかった。右ひざに体重をかけないように、糸巻きの腕振りでバランスを取りながら、どうにか歩を進める。かたつむりのような遅さだ。

残り、1分。

やっと最後の直線に入った。ゴールのエアアーチが正面に見える。残りは少ない。

「さあ、いよいよカウントダウンの準備です。まもなく時計は24時間になります！」

DJが叫ぶ。

時計が見えた。

刻一刻と数字が変わっている。23時間59分台のまま、秒の表示が増えていく。いま20秒を超えた。残りは40秒を切った。

「助っ人、ラスト！」

「麻友ちゃん、ここまで、ここまで」

「亜季ちゃんだってば」

「あ、そうか。亜季ちゃん、ラストスパート！」

「間に合うぞ」

メンバーの声が耳に届いていた。
麻友はギアを入れ替えようとした。
最後だけは、その瞬間、風になって疾走しようとした。
だが、その瞬間、右ひざが悲鳴をあげた。
ぐき、でも、ごき、でもなかった。
ばきっ、と音がした。
「うわっ」
麻友は両手をついて倒れこんだ。

ああ、やっちゃった……。
これはだめ。
もう、だめ。
一歩も動けない。

さまざまな声が耳に届いた。
拍手と声援。
仲間たちの声。

そのさざなみのなかに、風の音が聞こえた。

麻友の背中に、またふっと風が吹いた。

立ち上がる。

前方を見る。

残り時間は、あと20秒になった。

動けないことはわかった。右足をつくことができない。だれかの肩を借りなければ歩けない。ついそこにゴールが見えているのに、前へ進めない。


そうだわ。

それしかない。


その場に立ったまま、麻友は素早くリボンを外した。

風に髪がなびく。

リボンも揺れる。

「お願い！」

メンバーに向かって、麻友はリボンをかざした。

亜季の形見――最後まで病室の枕元においてあったオレンジ色のリボンが、春の風を受けてふるふると揺れた。

「ハイッ！」

美瑠璃が手を挙げ、やにわにトラックへ躍りこんできた。足は引きずっているが、元短距離選手のスタートダッシュだ。

10、9……

カウントダウンが始まった。

8で麻友からリボンを受け取った美瑠璃は、ただちにきびすを返し、ゴールを目指した。

「亜季ちゃん、ラスト！」

麻友は精一杯の声援を送った。

5、4、3……

リボンはたすきではない。

持ってゴールしても1周にはカウントされない。

それでも、美瑠璃は走った。残りの短い距離を、全速力で駆け抜けた。

2、1、ゼロ！

同時だった。

時計が24時間になるのと同時に、亜季のリボンはゴールに到達した。

麻友は拍手していた。

ゴールした美瑠璃はすぐ倒れこんだようだが、抱きとめたのがだれか、はっきりわからなかった。視野がぼやけて、黄色いアーチもゆがんで見えた。

ほどなく、肩をポンとたたかれた。

「ナイス・ファイト」

マックスだった。

「動けない……」

麻友が言うと、マックスは笑みを浮かべて左の肩を差し出した。

「ありがとう」

マックスの肩につかまり、左足だけで歩きだす前に、麻友はふとうしろを見た。

そして、風に向かって、小さな声で同じことを言った。

「ありがとう」

Z
ゴール後

「結局、おんなじだったなあ」

マックスが苦笑を浮かべた。

「表彰台がかかってるって言われたから、無理して走ったのに」

こう答えた麻友の右ひざには、分厚いテーピングが施されていた。

ゴールするとすぐ医務班のテントに直行し、応急処置をしてもらった。レントゲン撮影をしないと正確な判断はできないが、かなりの重症らしく、一人では歩けない。とりあえず痛み止めをもらい、マックスの肩を借りて戻ってきた。

「でも、記録より記憶に残る最後の1周でした」

健太郎が冷静に言う。

「ラストスパートもね、えへん」

美瑠璃が自画自賛した。

「それにしても、うちはだれも立ってないな」

洋介が周りを見渡してから言った。

なかにはクールダウンのジョギングをしているチームもあるのに、ジョギング愛好会のメンバーはみんなフィールドに座りこんで足を伸ばしていた。

「バス停まで歩くだけで大変ね」

と、かやの。

「べつに制限時間はないから」

痛めた腱《けん》を手でマッサージしながら、翔が言った。

ステージでは表彰式が続いていた。

まずは個人の部だ。最後までもつれた男子の3位争いは、最後にフェイスペインターがウマをかわして表彰台に乗った。

随所で笑いが起きたセレモニーが終わると、女子に移った。1位はふくらはぎさん、2位は黄色いリボンさん、実績のある二人が200キロを超える記録で他を圧倒した。一人ずつ紹介され、表彰台に乗る。

——では、続きまして、女子の3位の方です。

アナウンスが響いた。

「はい、手を振って」

マックスにうながされた麻友は、笑顔で愛想をふりまいた。

ジョギング愛好会が狙ったまぼろしの表彰台は、24時間個人走の女子の部だった。当初は男子の部をターゲットにしていたのだが、4人も200キロを超えそうだからとても届かない。そこで、健太郎の発案で、軟弱だが女子の部に狙いを切り替えた。ふくらはぎさんとリボンさんの実力が抜けており、あとは水が空いている。ここならがんばれば3位に滑りこめるのではないかという皮算用だった。

23時間が経過した時点では、女子の3位の選手と熾烈《しれつ》な争いをしていた。あと1周が明暗を分けるかと思われた。

しかし、あとで最終結果を見ると、ターゲットの選手は終了30分前に周回をやめていた。マックスが言ったとおり、麻友が最後にゴールしてもしなくても結果は同じだった。

「来年は、せめて男子の表彰台には乗りたいね」

洋介が特設ステージを指さした。

「キャプテン、わざわざ田舎から出てくるんですか？」

「24耐だけのために？」

「そりゃまた酔狂な」

　メンバーから声が飛ぶ。

「悪いか？　この大会には全国各地からランナーが参加してるんだから」

「そりゃ、個人の上のほうの選手は」

「全国を転戦するサーキットみたいなものだし」

「いいじゃない。いくら遅くたって。同窓会も兼ねて毎年出れば」

　かやのが言った。

「でも、有望な新人が山のように入って、補欠になるかもしれませんよ、キャプテン」

　と、マックス。

「5年のエースもいるしな」

　翔が自分の胸を指さした。

「んなら、応援に回る。東京見物でもして帰るし」

　洋介は故郷の訛《なま》りで答えた。

　表彰式はなおも続いていた。スポンサーから次々に賞品が贈られる。もっとも、高価なものは一つもない。魚の骨を砕いて作ったサプリや、ビニール製の健康器具のたぐいばかりだ。

「じゃあ、うちも独自に表彰するか」

洋介は唐突なことを言い出した。

「だれを？」

「賞品は？」

疑問の声があがる。

「賞品は、それ」

洋介が指さしたのは、オレンジ色のリボンだった。美瑠璃がまだ手に持っている。

「賞品というより、たすきだな。正規のたすきもあるけど、リボンもつなぐことにしよう、来年まで」

「なるほど」

「いいわね」

異議は出なかった。

「じゃあ、ＭＶＰということで、助っ人の月岡麻友さんに」

洋介は言った。

「えっ、わたし？　わーい」

麻友は素直に喜んだ。

「じゃあ、スカウトも表彰を」

マックスが手を挙げる。

「却下」

「リボン、似合わないよ」

そんな成り行きで、麻友の髪にまたリボンが飾られた。

「ＭＶＰ、おめでとう」

「おめでとう」

拍手がわく。

「ありがとうございまーす」

リボンは再び風をはらんだ。

亜季のリボンが、競技場の風にふるりと揺れる。

「大事なたすきを運んできてくれたからね、麻友ちゃん。文句なしのＭＶＰよ」

かやのが笑顔で言った。

「でも、それを結んじゃったら、もう助っ人じゃないからね」

「来年はエース」

「練習にもちゃんと来てね」

「はい。いずれ、フルマラソンにも出たいので、まじめに練習します」

「前向きだなあ」

「その調子」

「で、次の練習はいつ？」

麻友はたずねた。

しばらく沈黙があった。互いに顔を見合わせる。

無理もない。走れそうな状態の部員は一人もいなかった。

「とりあえず、それぞれ治療に専念ということで」

健太郎がまじめな声で言う。

「はーい」

麻友は明るく答えた。

「気楽に笑ってるけどねえ」

マックスがあきれたように言った。

「きみがいちばん重症なんだぞ」

*

星井は、おや、と思った。

どこで食事をしようかと駅ビルの前を歩いていたとき、向こうから同じ大会帰りとおぼしい一団がやってきた。そのなかに、見憶えのある娘がいた。動物園で話をした、あの危なっかしそうな娘だ。

大柄な男の肩を借りて、娘はゆっくりと歩いていた。二人三脚はその一組ではない。どうにか自力で歩いている者も、腰に手をやったり足を引きずったりしている。行きは普通に歩いていただろうに、帰りはすっかり傷病兵の行進のようになっていた。

飲食街のレストランの品定めをするふりをして、星井はその場で待った。大きな荷物を足元に置く。その中には、シマウマの衣装が入っていた。

一団は見るからにぼろぼろの状態だが、テンションは低くなかった。口々に語らいながら、星井のほうへ近づいてくる。


やっと駅に着いたよ。

まだ中があります。階段ばっかりだったりして。

大丈夫、エスカレーター動いてたから。

バス乗り場から駅のホームまでタクシーがあればなあ。

あいたたた……痛み止め、切れてきたかも。

とりあえず送ってくよ。駅からどれくらい？

徒歩16分。

遠いな。往復30分以上も歩けるかよ。

だって、そのほうが安いんだもん、家賃。

タクシーくらい奮発しろよ、マックス。

うう、じゃあ、行きだけは。

サンキュ。


微笑を浮かべて、星井は娘を見送った。

ちらりと目が合ったが、もちろん相手は気づかない。シマウマの素顔なんて知らない。

星井もあえて名乗りは上げなかった。動物園で会ったシマウマです、と唐突に声をかけるのは気恥ずかしかった。

それに、仲間がいる。

結局、名前もわからなかったけれど、あの娘には一緒に話をしながら歩いていく仲間がいる。

それでいい。

仲間の肩を借りて去っていく娘の背中に向かって、星井は心の中で言った。

どうか、元気で。

そして、公園のほうを見た。
ここから森は見えないが、春の日ざしが暖かかった。

また会いましょう。
どこかで。

娘の姿は、ほどなく見えなくなった。
星井は再び飲食街の案内を見た。
「何がいいかな、まりん」
いつもそばにいる——いるような気がする娘に向かって、小声でたずねる。
いつものように返事はないが、寂しくはなかった。
また会えるのだから。
年に一度、桜が咲くころ、あの夜の動物園で会えるのだから。

娘と一緒に、ままごとができるのだから。

「オムライスにしようか、まりん」

と、星井は言った。

「パパが食べてあげよう」

シマウマの衣装が詰ったバッグをかつぐと、星井は地下に続く階段をゆっくりと降りていった。

＊

「万歳三唱なんていらないからな」

洋介は向こう側のホームへ声をかけた。

「やろうと思ってたんですけど、キャプテン」

マックスが答える。

「恥ずかしいからやめてくれ。また帰ってくるんだから」

「はーい、了解」

メンバーはやっとホームにたどり着き、電車を待っていた。

西へ向かう電車に乗るのは洋介だけだ。ここからが長い。何度も乗り換え、山の中へ分け入っていく。実家に着くのは、たぶん夜中になるだろう。

――まもなく5番線に、電車がまいります。

アナウンスが響いた。
かやのが手を振る。
「元気でね」
「ああ、またな」
洋介も手を挙げて答えた。
学生生活は今日で終わりだ。24耐とともに終わってしまう。
そんな感慨は、レース中からずっとつきまとっていた。
だが、いざお別れという段になると、とりたててこみあげてくる感慨はなかった。
いつもと変わりがなかった。
そもそも、これは別れじゃない。
24耐は来年もある。

桜の花びらが舞うあの公園で、また会える。

懐かしい顔に会える。


電車がホームに滑りこんできた。

かやのの姿が隠れる。


あっと言う間だ。

いろんなことがあったけれど、この四年間はあっと言う間だった。

次も、たぶんそうだろう。


洋介は席に座らず、反対側のドアの近くに立った。

マックスが万歳をする真似をした。

かやのがもう一度手を振る。

声は聞こえないが、言葉はわかった。

元気で、と告げていた。

洋介が軽く手を挙げたとき、電車が動きはじめた。向こうのホームにいる仲間たちの姿は、あっけなく見えなくなった。

背負っていた寝袋を網棚に置き、空いていた席に腰を下ろすと、洋介はポケットを探った。

だいぶしおれた桜の花びらが出てきた。指でつまみ、窓を照らす光のほうへかざす。花の色が甦る。

窓の外にも桜が見えた。

なんだか急に眠くなってきた。

故郷は遠い。

花びらを大事そうにポケットにしまうと、洋介は腕組みをして目を閉じた。

*

反対側のホームにも電車が来た。

ほかにも大会の参加者が乗りこむ。席はすぐ埋まった。どうにか座れたのは、翔と美瑠璃だけだった。

「ありがとう、ドアに代わってもらうから」

麻友はマックスにそう言って、外がよく見える場所に立った。

「落ちるなよ」

「うん」

電車は動きはじめた。

「この角度から見ると、よく似てるな」

「そうね。リボンと逆光のせいだけじゃないみたい」

翔と美瑠璃の話し声が聞こえた。

「ほら、だれかの生まれ変わりみたいねって言って、よく犬や猫をかわいがったりするじゃない」

吊り革につかまったかやのも話の輪に加わった。

「なるほど、そうかも」

「たしかに、ね」

麻友は仲間のほうを見て、妙なポーズをとった。

「にゃー」

鳴き真似をする。

「でかい猫だな」

と、マックス。

「にゃー」

もう一度鳴き声で答えると、麻友は窓の外を見た。

駅は町の中心部を離れ、長い鉄橋に差しかかった。
川が流れている。
春の日ざしをいっぱいに浴び、光りさざめきながら流れている。

見える？

麻友はリボンに触った。
橋を渡る。
水も、時も流れていく。

きれいね……。

麻友は心の中で語りかけた。
長い橋を渡り終え、対岸が見えなくなったとき、麻友はつぶやいた。
奇跡のように出会った友に向かって、最後にこうささやいた。

また、会おうね。

どこかで。

[主要参考文献]
金哲彦『3時間台で完走するフルマラソン』(光文社新書)

*その他、多くのウェブサイトを参照させていただきましたが、掲載は割愛させていただきます。

この小説に登場する人物・団体名はすべて架空のものです。一致もしくは酷似したものにつきましては、偶然の一致とお考えいただければ幸いです。(著者)

二〇〇九年六月ジョイ・ノベルス（小社）『夜になっても走り続けろ』として刊行されたものを文庫化にあたり、改題、改稿したものです。

実業之日本社文庫　最新刊

伊坂幸太郎
フーガはユーガ
優我はファミレスで一人の男に語り出す。双子の弟・風我のこと、幸せでなかった子供時代のこと、「アレ」のこと。本屋大賞ノミネート作品！（解説・瀧井朝世）
い12 2

北川恵海
真夜中のメンター　死を忘れるなかれ
彼の肩書はメンター。自殺志願少年、足を引っ張りたい女など、客の相談を聞き、解決に乗り出すが……。すべての悩める人に贈る、人生応援ストーリー！
き6 1

倉阪鬼一郎
24時間走の幻影
24時間耐久マラソンレース。真夜中になるとコースに怪しさが漂いはじめ、そこに現れたのは……。本格ランナーの著者が描く、不思議で切ない感動ストーリー。
く4 10

小鳥居ほたる
あなたは世界に愛されている
不器用な娘と母は、時を超え、かりそめの姉妹になった。それは運命のいたずらか、それとも愛の奇跡か？　切ない想いが突き刺さり号泣必至、あたたかい絆の物語。
こ7 1

今野　敏
臨界　潜入捜査〈新装版〉
原発で起こった死亡事故。所轄省庁や電力会社は、暴力団を使って隠蔽を図る。元刑事が拳ひとつで環境犯罪に立ち向かう熱きシリーズ第5弾！（解説・関口苑生）
こ2 18

沢里裕二
処女総理
中林美香、37歳。記者から転身した1回生議員。彼女のもとにトラブルが押し寄せる。警護するのはSP真木洋子。前代未聞のポリティカル・セクシー小説！
さ3 15

実業之日本社文庫　最新刊

中得一美
嫁の甲斐性
晴れて年季が明け嫁いだが、大工の夫が大怪我。借金返済のため苦労を重ねる吉原の元花魁・すずの数奇な半生を描き出す。新鋭の書き下ろし新感覚時代小説！
な7 2

新津きよみ
妻の罪状
いちばん怖いのは、家族なんです――遺産相続、空き家、8050問題……家族関係はどんでん返しの連続。名手によるホラーミステリ7編収録のオリジナル短編集！
に5 2

西村京太郎
十津川警部　出雲伝説と木次線
スサノオの神社を潰せ。さもなくば人質は全員死ぬ！奥出雲の神話の里を走るトロッコ列車がトレインジャックされた。犯人が出した要求は!?（解説／山前　譲）
に1 25

羽田圭介
5時過ぎランチ
ガソリンスタンドの女性ベテランアルバイト、アレルギー持ちの殺し屋、写真週刊誌の女性編集者……三人が遭遇した限りなく過酷で危険な〈お仕事〉とは？
は12 1

睦月影郎
淫ら新入社員
女性ばかりの会社『WO』。本当の採用理由を知らされずに入社した亜紀彦は、美女揃いの上司や先輩を相手に、淫らな業務を体験する。彼の役目とは――。
む2 15

実業之日本社文庫　好評既刊

知念実希人　仮面病棟

拳銃で撃たれた女を連れて、ピエロ男が病院に籠城。怒濤のドンデン返しの連続。一気読み必至の医療サスペンス、文庫書き下ろし！（解説・法月綸太郎）

ち11

知念実希人　時限病棟

目覚めると、ベッドで点滴を受けていた。なぜこんな場所にいるのか？　ピエロからのミッション、ふたつの死の謎…。『仮面病棟』を凌ぐ衝撃、書き下ろし！

ち12

知念実希人　リアルフェイス

天才美容外科医・柊貴之。金さえ積めばどんな要望にも応える彼の元に、奇妙な依頼が舞い込む。さらに整形美女連続殺人事件の謎が…。予測不能サスペンス。

ち13

知念実希人　レゾンデートル

末期癌を宣告された医師・岬雄貴は、不良から暴行を受け、復讐を果たすが、現場には一枚のトランプが……。最注目作家、幻のデビュー作。骨太サスペンス‼

ち14

知念実希人　誘拐遊戯

女子高生が誘拐された。犯人を名乗るのは「ゲームマスター」。交渉役の元刑事が東京中を駆け回るが…。衝撃の結末が待つ犯罪ミステリー×サスペンス！

ち15

実業之日本社文庫 く 4 10

24時間走《にじゅうよじかんそう》の幻影《げんえい》

2021年10月15日　初版第1刷発行

著　者　倉阪鬼一郎《くらさかきいちろう》

発行者　岩野裕一
発行所　株式会社実業之日本社
〒107-0062　東京都港区南青山5-4-30
CoSTUME NATIONAL Aoyama Complex 2F
電話［編集］03(6809)0473［販売］03(6809)0495
ホームページ　https://www.j-n.co.jp/
DTP　株式会社 千秋社
印刷所　大日本印刷株式会社
製本所　大日本印刷株式会社

フォーマットデザイン　鈴木正道（Suzuki Design）

ISBN978-4-408-55690-1（第二文芸）